FOLIO POLICIER

Pierre Siniac

Reflets changeants sur mare de sang

Gallimard

Pierre Siniac est considéré comme l'un des plus grands auteurs français du genre ; il a reçu le Grand Prix de Littérature policière en 1981. Son œuvre originale et inclassable a été saluée par la critique et plusieurs adaptations cinématographiques (*Les Morfalous* d'Henri Verneuil, 1984) l'ont fait connaître du grand public.

Reflets changeants
sur mare de sang

Pour la chasse, déjà, tôt dans ma vie, j'avais eu un fusil entre les mains. Mes oncles m'avaient emmené pour la première fois traquer le sanglier dans la forêt d'Abreschviller alors que j'avais à peine quatorze ans. Ce n'était pas très réglementaire. Mettre une arme à feu dans les mains d'un gosse... Mais ma foi, en ce moment non plus ce n'était pas réglementaire. Je n'étais plus un gamin, j'avais dix-neuf ans, et le fusil que je tenais était à canons sciés.

On ne chassait pas le sanglier. On préparait un coup : l'attaque d'un fourgon blindé. Comment je m'étais retrouvé dans la bande à Hopferr le Sarrois ? Vraiment une idiotie. J'avais une bonne petite vie, banale mais tranquille. Je ne gagnais pas des masses d'argent, loin de là, mais enfin, ça n'allait pas trop mal. À seize ans, j'avais fait une fugue. Une longue fugue. J'avais quitté la scierie Keller, au col du Donon, où — c'était la volonté de mon père — on m'avait embauché à treize ans et demi. Je ne m'y plaisais pas du tout. Scier des planches ou découper des troncs d'arbres sur des machines électriques où vous risquiez de vous faire emporter les doigts à la moindre inattention n'avait rien de folichon et quand je voyais les vieux ouvriers, des types qui étaient là depuis des vingt-cinq, trente ou quarante ans à débiter la forêt en tranches, ça n'avait rien de bien réjouissant. Je me suis sauvé. Ma fugue a été assez importante puisqu'elle m'a mené, par petites courses, jusque dans le Béarn. C'est là que les gendarmes m'ont épinglé pour me ramener en Alsace. Du coup, mon père m'a mis aux enfants de troupe. C'est peut-être là que j'ai commencé à avoir de mauvaises fréquentations. Les sous-offs alcooliques qui nous dirigeaient étaient presque aussi brutaux et féroces que Hopferr le Sarrois pour qui je travaille en ce moment.

Sorti des enfants de troupe, je ne suis pas du tout entré dans l'armée ; l'odeur de l'armée — les vieilles nippes de gros drap, le vieux tabac, la vinasse, la graisse des armes, tout ça me dégoûtait. Je me suis fait embaucher à la laiterie Kellermann, en plein Ungersberg, et c'est là que j'ai connu Mme Gerhabber, une fermière. Je suis devenu son amant, et je me rendais souvent à la ferme, pour un oui ou pour un non. Élisa Gerhabber avait un jeune frère qui filait un mauvais coton et qui se réfugiait fréquemment chez elle : Joseph. Je me suis lié d'amitié avec lui, très vite, nous nous entendions à merveille, et c'est comme ça que j'ai fait la connaissance du patron de Joseph : le Sarrois. Voilà comment on se trouve être du jour au lendemain une sorte de hors-la-loi. Mais je n'étais pas idiot, j'avais bien l'intention de me sortir très vite de là, car ça pouvait mal finir. Je connaissais l'histoire de deux gars de la région qui, vers 1930, après plusieurs mauvais coups, s'étaient retrouvés au bagne. Je n'avais pas du tout envie de finir comme ces deux-là. Mais pour l'instant j'étais avec un fusil à canons sciés entre les mains, allongé à plat ventre dans l'herbe, avec le Sarrois et quatre autres gangsters à côté de moi. J'étais le seul Alsacien. Il y avait Hopferr, un Parisien et un type de Lyon. Les deux autres étaient des Allemands.

Nous étions tous planqués dans les hautes herbes d'une pente qui descendait doucement vers la ferme. Plus bas se trouvait la route de Saverne à Oberhaslach où devait passer le fourgon blindé qui transportait la paie des ouvriers de vingt-sept scieries de la région. Voilà ce que Hopferr voulait dévaliser. Un coup très important, et pas son premier, j'aime autant vous le dire. Je serrais la crosse de mon fusil dans mes mains moites. C'était une belle matinée de mai. Dans la cour de la ferme, que nous voyions parfaitement, en contrebas, trois jeunes enfants jouaient près d'une vieille femme, sans doute leur grand-mère, qui étendait du linge. La mère devait être à l'intérieur de la ferme. Le fourgon de la banque devait passer d'un moment à l'autre et l'opération consistait à — comme ces messieurs le disaient —

le braquer, à lui tirer carrément dessus depuis l'endroit où nous nous trouvions, à lui crever ses pneus, à l'immobiliser. Et on ne pouvait le faire que de la butte où nous nous tenions, agir sur la route eût été un suicide. Hopferr avait bien étudié le coup. Ce qui m'effrayait c'était que la ferme se trouvait juste entre le tournant où le fourgon devrait être immobilisé et notre position, avec la grande cour à découvert placée sous la trajectoire de nos balles et où jouaient les enfants et travaillait la vieille dame, et voilà que la mère vient les rejoindre et s'assied sur un tabouret, dans un coin de la cour...

— Il faudrait les faire rentrer dans la maison, dis-je.

— Vas-y, va leur dire ! ricana le Sarrois, tournant vers moi sa grosse tête carrée, toute rasée, à la bouche dure, aux petits yeux froids.

— Mais c'est trop dangereux pour eux...

— Tu crois que je vais m'embarrasser de pareils trucs à la noix ? Le fourgon, on peut le braquer que d'ici. Prends-en note une fois pour toutes.

— Alors, allons dans la ferme... On menace la petite famille et on les enferme dans la cave...

— Tu crois qu'on a le temps, pauvre malin ? Le fourgon est tout près, maintenant. Et de la ferme, on ne voit pas bien la route. Faut qu'on reste sur cette butte.

Une vraie attaque de diligence. Ça ne me plaisait pas. Comment avais-je pu me laisser embarquer là-dedans ? À la ferme Gerhabber, Joseph m'avait fasciné, entortillé, subjugué. Maintenant j'avais envie de me sauver, de jeter mon fusil dans le ravin. Je regardai du coin de l'œil notre voiture, garée un peu plus loin, en haut d'un chemin, sous des sapins...

Je priai : « S'ils pouvaient quitter la cour... entrer dans la maison... »

Ils allaient être en plein dans le champ de tir. Une petite fille avait remarqué une bestiole, au soleil, un scarabée ou quelque chose comme ça. Elle était penchée dessus, en plein centre de la cour. Les deux autres gosses la rejoignirent, puis la mère et la grand-mère... Ils allaient se trouver juste sous les balles.

— C'est de la folie, insistai-je. Regardez ça... On ne peut pas tirer comme ça...

Je savais que Hopferr se moquait de verser le sang. Il ne faisait pas ça par plaisir, d'accord, mais il ne s'embarrassait pas de telles considérations, pour lui l'efficacité primait tout. En 36 ou 37 il avait abattu plusieurs passants en pleine rue au cours d'attaques de banque, dans la Sarre, en Lorraine et dans la banlieue de Strasbourg. Il avait même tué un gamin — balle perdue, soi-disant — en braquant une perception dans la Meuse... C'était une bête dangereuse, ce type. J'étais vraiment le roi des idiots de m'être laissé embrigader là-dedans.

Si je prenais la fuite, les autres ne le toléreraient pas, ils auraient trop peur d'un mouchardage ou de quelque chose de ce genre — d'ailleurs, à présent, ils m'avaient à l'œil, mes petits scrupules semblaient les avoir mis sur leurs gardes...

On entendit un bruit de moteur.

J'étais en sueur.

Trois petits enfants... Une jeune femme... Une vieille dame... J'avais envie de hurler pour leur dire de se mettre à l'abri.

Je sentais la peur me gagner, mais davantage pour eux, là en bas, dans la cour, que pour moi. Je ne pourrais jamais... Hopferr nous avait prévenus. Il faudrait faire feu à volonté sur le fourgon, ne pas lésiner, un vrai barrage de plomb.

— Fais pas cette gueule, Schoffzeinweiller, qu'il me dit, d'un ton rude. C'est l'affaire de deux minutes. On ne leur tirera pas dessus, à tes péquenots, aie pas peur.

— Très bien, on ne leur tirera pas dessus, m'sieur Hopferr, mais ils se trouveront en plein champ de tir. Parce que si on tire par-dessus eux, on rate le fourgon.

— Tais-toi donc, nom de Dieu ! Qu'est-ce qui m'a foutu une lavette pareille ? Et tu te dis un homme ? Quelle recrue ! Joseph Gerhabber aurait mieux fait de pas me recruter une pareille mauviette !

On sursauta tous. Le bruit de moteur, entendu loin dans la vallée, venait de grandir. Il progressait, tout près. Et c'était à peu près l'heure du passage du fourgon. Nous nous raidîmes tous, allongés dans l'herbe haute, les canons de nos fusils luisaient au soleil et on devait les voir de loin miroiter dans la vaste étendue verte qui montait vers les sapins.

Le bruit de moteur montait toujours, régulier. Juste avant le tournant il y avait une longue côte de presque un kilomètre. Débouchant du virage, le fourgon serait cloué au sol par la pétarade des six armes chargées à bloc. Il ne nous resterait plus qu'à foncer vers la route, à maîtriser les convoyeurs, à conduire le bahut dans un champ, à l'abri des curieux, et à l'ouvrir... Et qu'y aurait-il, alors, dans la cour de la ferme ? Des vivants ou des morts ? Et s'ils n'étaient pas touchés par nos balles, ce que je souhaitais de tout mon cœur, il faudrait tout de même bien les maîtriser, car ils allaient réagir, les deux femmes en tout cas. La ferme était isolée et, d'après nos renseignements, il n'y avait pas le téléphone, d'accord, mais les deux paysannes pouvaient crier, appeler... Il y avait une grosse scierie, au-dessus, dans le Nideck, à six ou sept cents mètres... Comment, dans ces conditions, ouvrir le fourgon, le vider ?...

— Kurt, tu t'occupes des bonnes femmes et des mômes, dit le Sarrois.

Kurt Wildenheim, un ancien des S.A., de l'autre côté du Rhin. Ça promettait !

Le ronflement du moteur grandissait, grandissait.

— Prêts, les gars ? lança Hopferr. Pensez au fric !

Le véhicule apparut, carré, tout noir, et je me sentis brusquement détendu comme un paquet de guimauve. Je poussai un soupir, mes doigts mollirent et lâchèrent presque le fusil.

— Merde alors ! jeta Hopferr.

Ce n'était pas notre fourgon mais un camion de matériel d'usine. Il s'éloigna. On attendit encore dix, vingt minutes. Trois quarts d'heure. Rien.

Les renseignements, cette fois, étaient mauvais.

Le fourgon de la banque avait changé d'itinéraire.

Le coup n'aurait pas lieu.

Je regardai, dans la cour, là, sous nos yeux, belle vue plongeante, les deux femmes et les trois enfants qui étaient toujours au soleil et qui ne s'étaient toujours pas aperçus de notre présence.

— C'est râpé, dit Hopferr.

Nous rampâmes jusqu'à la voiture, y montâmes. J'avais l'air soulagé — et je l'étais —, presque heureux, ce qui mécontenta le Sarrois qui ne put se retenir de m'administrer une gifle à m'arracher la tête.

Bien vite, à temps, je quittai cette bande. Je trouvai un emploi d'aide-magasinier, dans une usine de Schiltigheim, bien décidé à ne plus me fourrer dans de si sales draps, sur une si dangereuse pente.

Bien sûr, à l'usine, je ne gagnais pas grand-chose et les journées étaient longues, longues... à tel point que j'en vins à me demander si je pourrais tenir le coup.

*

Je reçus un coup terrible au crâne. Pendant quatre ou cinq secondes je vis sautiller autour de ma figure des petites étincelles bleuâtres ou d'un jaune vif, comme quand le soleil vous éblouit. J'ai même chancelé, et c'est mon voisin qui m'a retenu. J'ai dû m'asseoir pour recouvrer mes esprits. J'avais maintenant des petites taches noires qui me dansaient devant les yeux. Puis petit à petit, tout est redevenu normal. J'avais une bosse assez grosse en haut du front.

— Ça va mieux, Schoffzeinweiller ? me demanda un type, mon voisin.

Il avait un énorme fusil entre les mains.

Moi aussi j'avais un flingue entre les mains, pas à canons sciés, cette fois. Je revis alors cette scène pénible, trois ou quatre ans plus tôt... La butte en plein paysage du Nideck, près d'Oberhaslach... La route, le tournant... Le Sarrois et les autres gangsters, couchés dans l'herbe, l'arme en main, et la ferme, entre nous et la route, avec les deux femmes et les gosses qui jouent...

— Tu bouges ton cul, Schoff, oui ou merde ? Tu vas attendre assis ici pendant longtemps ?

Ce n'était pas le Sarrois, mais il lui ressemblait étrangement, il avait presque la même tête, la même allure brutale. On l'appelait Heuss. Une vraie gueule de gangster, celui-là aussi. J'étais donc revenu dans la corporation, pas de doute.

Je levai les yeux vers une vieille poutre incrustée au plafond très bas, c'était là-dessus que je m'étais cogné. Comme nous courions, me semble-t-il, le choc avait été terrible. J'avais encore des élancements dans la tête. J'avais oublié pas mal de choses... Un choc violent, à coup sûr. Trois, quatre types m'entouraient, un fusil en main. L'un d'eux avait une mitraillette. Ils étaient vêtus exactement comme les gangsters de la ferme du Nideck, des années plus tôt. Je ne voyais presque plus que cela : la pente verte, immense, qui descendait des sapins... la ferme... la route en lacet... les enfants qui jouaient... Habillés de la même façon : un costume sombre, impeccable, bien coupé, et tous coiffés d'un chapeau blanc à l'américaine. Mais pas de Sarrois. Ce n'était donc pas la même bande. Mais — je l'ai dit — il y avait Heuss, le chef. Une vraie gueule de bouledogue, la nuque rasée et de sales petits yeux froids. J'aurais presque parié que c'était un frère ou un proche cousin de Hopferr.

Enfin, je me levai. Mes jambes me portaient à peu près. J'avais encore quelques élancements dans la tête. Je me rendis compte que nous nous trouvions à l'intérieur d'une vieille ferme, qui paraissait abandonnée. Il devait y avoir eu un incendie car les murs étaient noircis et on y voyait des meubles éventrés ou à moitié brûlés. De la cendre mêlée à de la boue sèche maculait le carrelage de la pièce...

Heuss, le chef — il tenait un gros revolver —, regardait par l'embrasure d'une fenêtre. Il était chaussé de souliers jaunes à bout blanc, de vraies godasses de maquereau, les mêmes que le Sarrois avait aux pieds lors de l'attente près de la ferme du Nideck, et je me demandai comment ses souliers avaient pu rester si propres, si luisants dans un pareil chantier...

— Il va falloir attaquer, dit Heuss.

Il se retourna sur moi :

— T'en fais une gueule, Schoffzeinweiller ! Tu vas aller en éclaireur, ça te dégourdira.

Je regardai sa cravate aux tons criards. La même cravate que portait Hopferr, il y a quelques années, au Nideck, eût-on dit. Les autres aussi avaient une cravate de marlou, en soie, aux couleurs violentes.

Le gangster aux yeux froids m'empoigna par un bras :

— Laisse ton fusil. Klaus, passe-lui ta mitraillette.

Le voyou à la mitraillette me tendit son outil. Je le pris. Mes mains étaient moites, comme autrefois, devant la ferme...

— En éclaireur..., dis-je.

— Oui, mon gars. Il ne s'agit pas de manquer le bahut de ces fumiers ! Cette fois, faudra pas le louper.

Cette fois ? Je me demandai si Heuss n'avait pas fait partie de l'attaque manquée, au Nideck. Peut-être lui avais-je raconté l'histoire ? Je ne savais plus. Je me rendais compte que le choc violent m'avait fait perdre en partie — en grande partie — la mémoire, on appelle ça, je crois, les amnésies lacunaires.

Nous étions là, six ou sept hommes jeunes, pâles, armés jusqu'aux dents, tapis dans cette ferme détruite. De vraies gueules de tueurs, tous, pas d'erreur. Et à quoi pouvais-je bien ressembler, moi ? J'aurais sans doute ri si l'on m'avait dit que j'avais une figure d'ange.

— Le bahut ? demandai-je. Le fourgon blindé ?

— C'est ça ! ricana Heuss. Le fourgon blindé. Et ta petite sœur, elle est blindée où ? Non, il n'est pas blindé, mais il y a sept ou huit bonshommes dedans ! Et armés comme des séides d'Al Capone ! Ils y tiennent à leur petite marchandise !

Je ne me voyais pas déclarer au chef : « Expliquez-moi ce qu'on fout là, j'ai perdu la mémoire... » Il comprenait très mal la plaisanterie, et serait foutu de me loger une balle dans la tête tellement il avait l'air sur des charbons ardents.

Des Allemands, encore... Un, deux ? Les autres étaient tous alsaciens. Heuss, lui, semblait être fritz. Sarrois, peut-être ? Ils m'attiraient, pas possible.

Nous étions là, à guetter...

En éclaireur...

— Prends aussi une grenade...

Un des voyous me donna une grenade à manche, de marque allemande.

— Vas-y ! ordonna Heuss.

Je sortis de la ferme et il me fallut ramper dans un champ de trèfle. Le coin était désertique, loin autour de moi s'étendait la campagne verte et plate. Plus loin, il y avait une grosse haie et, derrière, des petites maisons, comme un hameau.

Je rampai et mon chapeau me tombait sur les yeux. Je n'avais pas parcouru quatre mètres que le chef me lança :

— Tu regardes si la voie est libre... Mais elle doit l'être... Tu jettes un coup d'œil et tu rappliques aussitôt.

Je pus ramper jusqu'à la haie. Tout était étrangement silencieux. On était au cœur de l'après-midi et il y avait un chaud soleil. Arrivé à la haie, j'ouvris l'œil. C'était comme au Nideck, bon Dieu ! Il y avait une pente herbue, assez accentuée, qui descendait jusqu'à la route, et sur cette pente, pas une ferme, cette fois, mais une petite maison blanche à toit rose avec un jardin assez vaste où jouaient... je les comptais... quatre jeunes enfants, deux garçons et deux filles, et il y avait aussi trois femmes, deux jeunes et une très vieille qui, assises, cousaient en bavardant... Je découvris également un jeune type, sous un appentis, en train de réparer un landau... C'était à l'extrémité d'un petit village et cinq ou six maisonnettes étaient éparpillées dans la verdure, reliées par un chemin bordé de fleurs des champs. Plus loin, un petit cimetière de campagne s'offrait aux oiseaux. Je revins en rampant jusqu'à la ferme abandonnée. J'avais encore des douleurs dans la tête. J'entrai dans la ruine. Les autres attendaient, l'arme prête.

— Alors ? demanda le patron.

— Tout de suite après la haie, il y a une maison, avec un grand jardin... Et là-dedans, quatre gosses, trois femmes et un jeune type...

— Et la route ? Juste derrière la maison ?

— Oui, juste après, en bas d'une pente.

— Bien. Alors on les descend tous et on s'installe dans la maison... De là, on ne ratera pas le camion. Il nous le faut... Le vider, totalement.

— Mais...

— Mais quoi ? Encore avec ta grande gueule, Schoffzeinweiller ? aboya Heuss. Tu voudrais protester ?

— Mais non, chef... je... Mais on pourrait attaquer le camion un peu plus loin, non ? Là où il n'y a pas de maisons...

Les autres éclatèrent de rire.

— On en a tué d'autres ! jeta le grand aux yeux verts qui exhiba un fusil automatique, un vrai fusil de guerre.

— Tu voudrais pas qu'on fasse des prisonniers, par hasard ?

J'eus envie de me pincer très fort pour voir si je ne faisais pas un cauchemar, et je vous jure que je le fis. Non, j'étais en pleine réalité. Nous préparions un coup, à six ou sept, et attendions un camion à attaquer. Et le chef, sans pitié, comme fou furieux, venait de décider tranquillement l'assassinat pur et simple de toute une famille...

— Va-t-il falloir t'y pousser à coups de pompes dans le cul ? beugla Heuss.

Je ne m'étais même pas rendu compte que nous venions de sortir de la ferme et que moi, je restais sur le seuil, abattu, écœuré... Les autres brandissaient leur fusil. Deux avaient en main une grenade prête à être lancée, une grenade allemande, avec manche. Un troisième calait sa mitraillette contre son aisselle. Ils inclinèrent leur chapeau sur leur nez. Je pensai pendant trois secondes aux films américains de gangsters que j'avais vus à Colmar ou à Strasbourg, des années plus tôt...

Ce n'était pas un rêve.

— En avant ! hurla brusquement Heuss.

J'étais porté, poussé par eux... Ils hurlaient... Ils avaient bu ou quoi ?

Une odeur de poudre m'entourait car deux ou trois de mes voisins avaient déjà tiré. Nous franchissions la haie...

Je revois la scène, le carnage. J'ai tiré moi aussi mais je ne voyais plus clair. Les fusils et les mitraillettes crachaient le feu et il y avait de grosses étincelles orange au bout des canons noirs, comme des guirlandes. Un des tueurs a lancé sa grenade dans la maison vers laquelle avait couru la vieille femme, par une fenêtre ouverte. Des lueurs rougeâtres dansaient. Un ou deux fusils crachaient des balles incendiaires. Je vois et j'entends encore les enfants hurler de terreur, leur petit corps criblé de balles. Une fillette se roule par terre et se tord de douleur au milieu du jardin, le ventre en sang. Un des tueurs ferme à demi les yeux et lui tire dessus, à la mitraillette. Un étrange silence. Je regarde les cadavres des gosses, des deux jeunes femmes. L'une n'a plus de visage mais, à la place, une sorte de bouillie rouge, comme un masque tordu, chiffonné. Le jeune type est tombé la tête dans le landau, comme pour y chercher quelque chose, et il reste là, immobile, raide, les reins comme ouverts, plaie énorme d'où coule un ruisseau écarlate. Une large mare de sang s'étend sur la partie cimentée du sol du jardin, devant l'entrée de la maison. Nous sommes haletants, nous nous regardons. Des types soulèvent à demi leur chapeau et essuient du revers de la main la sueur qui perle à leur front. Ça a duré quoi ? Cinq... dix secondes...

— Maintenant faut avoir le camion ! aboie Heuss. Tous aux fenêtres !... Tenons-nous prêts !

On entre dans la maisonnette... on se poste aux fenêtres, l'arme déjà réapprovisionnée, prêts à remettre ça...

Sept ou huit autres gangsters entrent, armés de mitraillettes, tous en costume chic, cravate voyante, chemise impeccable, chapeau blanc, comme au Nideck... Du renfort... J'ai entendu le coup de freins de leur véhicule... D'où viennent-ils ? On est tous postés aux fenêtres. Quelques types se sont placés à l'étage, au-dessus, et il y en a même sur le toit, allongés, avec un fusil mitrailleur en batterie ! Bon Dieu, qu'y a-t-il donc dans cette saloperie de camion pour que Heuss ait mobilisé tant de monde et ordonné ce carnage, dans le jardin ? J'ai dû faire ma réflexion à voix haute car j'entends un type parler de « position stratégique ». Ce n'est plus l'attaque de la diligence mais celle du train postal de Santa Fe, comme dans un film de cow-boys !...

Un bruit énorme, mais lointain, s'élève, comme un orage formidable qui foncerait à ras de terre...

— Prêts, les gars ? jette Heuss.

Et puis ça éclate. Des explosions, partout, autour de nous, devant la maison dont les murs se mettent à vibrer. Une fumée noire et tourbillonnante se jette comme un rideau devant le paysage puis s'engouffre dans la maison, nous enveloppe... On ne voit plus clair... Un vacarme fantastique retentit... Les hurlements de Heuss essaient de percer dans cet orage :

— Le camion arrive, les mecs !

Le véhicule apparaît, énorme, lent, maladroit, blanc de poussière.

— Préparez-vous, les enfants !

Le véhicule grimpe une côte... Il va passer à ras de la maison où dix, quinze sanguinaires attendent, retenant leur souffle, les yeux brillants de fièvre, leurs armes prêtes à vomir le feu...

— Il est plein de fric, ce camion, faut pas le louper, dit un gangster.

— Et pas de quartier ! jette Heuss. Tous les hommes se trouvant à bord doivent être liquidés !

Non, mais qu'est-ce que c'est que cette bande ?

Je ne me souviens toujours pas... Ma pauvre tête... Je suis en plein brouillard... Mon fusil est brûlant dans mes mains liquéfiées... Je n'en peux plus... On dirait que je vais pleurer...

— Les salauds... les salauds..., je bredouille. Nous sommes des salauds...

— Si c'est pas eux qui y passent, c'est toi, me dit mon voisin.

— Et s'il y a des flics dans le camion ? je fais.

— Sûrement pas... Ils sont trop foireux...

Le camion s'amène... très lent... Il sera sous les fenêtres, sous nos armes, dans moins de trente secondes...

Le voici.

J'ai esquissé un mouvement pour me sauver... Quitter cette embrasure de fenêtre... J'ai aperçu, par une porte ouverte, dans le jardin, les jambes d'un des petits cadavres... La mare de sang s'est infiltrée dans la pièce et lèche le plancher...

Une bourrade furieuse me brûle le dos. C'est un coup de pied sauvage de Heuss.

— Et alors, Schoff ? C'est pas le moment de dormir, espèce de salaud !

Un projectile pesant frappe le mur de la maison et l'ébranle. Un second nuage de fumée noire, épaisse, se rue sur nous. On dirait que, du camion, on nous tire dessus.

— Feu ! Feu, nom de Dieu ! hurle Heuss.

Et dix, quinze armes crachent le feu sur le camion. Des types en sortent. Ils sautent à terre, affolés. Ils sont armés. Ils courent dans les champs, s'aplatissent au sol. Ce ne sont pas des flics mais des civils. Il y a des Nègres. Un coup de vent dissipe la fumée et je réalise qu'il n'y a pas que des civils mais aussi des types en tenue bleu-noir de convoyeur de fonds, ceinturon et casquette plate, et la plupart des gardes sont des Nègres.

— Liquidez-les, bordel de merde ! hurle Heuss, déchaîné, et on dirait qu'il s'affole.

Le camion est immobilisé au milieu de la route, juste au bas de la maison. Des types, restés dans le véhicule, nous tirent dessus. Il y a même une mitrailleuse qui crache son torrent de plomb sur la façade de l'habitation.

— Cassez-moi toute cette vermine ! gueule Heuss.

Et moi je ne vois pas Heuss, mais Hopferr le Sarrois. L'épisode de la ferme du Nideck ne peut décidément plus me sortir de la tête.

On tire à nouveau, par rafales. Les types, dans les champs, se sont relevés, et fuient vers le cimetière. On les arrose de plein fouet, on les fauche tous comme des marguerites. Trois, quatre grenades expédiées sur le camion font taire la mitrailleuse. Oh ! comme ma tête me fait mal... Deux types, juste à côté de moi, se sont écroulés en avant, touchés à mort.

— Tirez ! Nettoyez-moi ça ! hurle le chef, déchaîné, débraillé et qui, du coup, ressemble plus à un apache de barrière qu'à un gangster tiré à quatre épingles.

*

— Vous êtes bien le maire de Bernebec-sur-Orne ? demande la vieille femme.

— Oui, madame. Vous pouvez parler.

La vieille femme, une paysanne normande, est assise sur une chaise, dans la salle des mariages de la mairie de Bernebec-sur-Orne (Calvados). Le maire, un agriculteur de soixante-cinq ans, aux cheveux blancs, le teint rougeaud et l'œil bleu, est assis devant elle, derrière une table en bois blanc sur laquelle traînent quelques papiers administratifs et des tracts de la Résistance annonçant le débarquement allié. Il est midi. La chaleur de juin est très forte.

— Je vous écoute, madame...

— C'est vrai qu'il y a eu des combats terribles à Caen, monsieur le maire ? J'ai ma sœur qui habite là-bas...

— C'est hélas vrai, madame, dit le maire, d'une voix sourde. À Saint-Lô, aussi...

Il n'a pas dormi depuis trois jours, ses traits sont tirés et il y a des filets de sang dans ses yeux. Il a participé aux secours, à Caen, après les durs combats, le mouchoir sur le nez, avec d'autres civils de la région, quelques hommes qui ont donné un coup de main aux infirmiers de l'armée américaine, puis il a réintégré son village pour essayer d'y faire régner l'ordre car, les habitants presque tous partis, il y a eu des tentatives de pillage. Les Américains sont tout près, mais des restes de colonnes allemandes rôdent encore dans le coin, beaucoup de SS venus de la Dordogne, et de nouveaux combats restent possibles.

— Voilà, dit la vieille femme. Je m'appelle Marie Anquetin et j'ai quatre-vingt-un ans. Nous, notre village, c'est Caubetot, à huit kilomètres de Villers-Bocage. Les SS, on les a bien vus passer, quelques heures avant, dans leurs camions et leurs automitrailleuses, mais, Dieu merci, ils ne se sont pas arrêtés chez nous... Entre le 7 et le 10, on a bien entendu le bruit du canon, mais c'était assez loin vers le nord... Puis il y a eu une accalmie, on savait que ça se battait surtout autour de Caen et de Saint-Lô... Mon gendre n'a pas voulu qu'on parte... Vous comprenez, il était agent de liaison au maquis, alors... Il voulait être sur place... Ça se comprend... Tout était tranquille... On ne se doutait de rien... Il pouvait être seize heures... On était dans le jardin, avec ma fille et ma nièce...

Elle continua en pleurant, mais elle restait digne malgré les images d'horreur qui étaient toujours devant ses yeux :

— ... et mes quatre petits-enfants... et mon gendre, qui réparait un landau... Ils ont surgi tout à coup, on ne les avait pas entendus venir... Leur camion non plus on ne l'a pas entendu venir... Il devait être garé derrière la ferme Beaurain... Ils pouvaient être quinze... je ne sais plus... C'est-à-dire que, tout de suite, il n'y en a eu que sept ou huit, je crois... Mais après, il en est arrivé d'autres... Ils hurlaient en boche... Ils portaient de gros fusils... des mitraillettes...

— C'était des SS ? demanda le maire.

— D'après ce que m'a dit votre adjoint, le boulanger — je lui ai décrit les uniformes —, il y avait des deux : des SS et de la « Vermache »... Des tenues noires mais aussi des vert-de-gris, si vous voyez... Des garçons tout jeunes... C'était affreux !... Ils étaient comme fous ! Ils criaient...

— Y avait-il des Alsaciens, parmi eux ? demanda le maire.

— Des Alsaciens ?

— Oui.

— Pourquoi ?

— Parce que, à Bayeux et à Carentan, dans les régiments SS venus du Sud-Ouest en renfort, il paraît qu'il y avait des Alsaciens... Des enrôlés de force... On en a trouvé parmi les prisonniers...

— Des Alsaciens ? D'Alsace ? s'étonna la vieille femme.

— Oui... Certains jeunes gens de là-bas ont été enrôlés de force dans les SS... On ne sait pas encore au juste ce qu'il en est exactement, mais il y a des bruits à ce sujet...

— Je ne sais pas s'il y avait des Alsaciens, mais ça parlait — ça criait, plutôt — en allemand. Mon Dieu, tout s'est passé si vite... Ils ont tué mes pauvres petits... À la mitraillette, monsieur le maire... Ma pauvre petite Catherine a été massacrée sous mes yeux... Et ils tiraient avec des balles incendiaires... Ma fille et ma nièce ont été abattues tout de suite... Mon gendre, lui...

Elle ne put poursuivre. Le maire l'invita à se reposer sur un lit de camp, dans la salle voisine. Il lui servit un bol de lait. Elle dormit un peu. Une heure plus tard, elle revint dans la salle des mariages et put poursuivre :

— Je m'étais sauvée dans la maison... Un Boche m'y a poursuivie, puis un autre... Ils ont lancé des grenades et ils ont tiré partout... Il y a eu un début d'incendie... J'avais pu soulever une trappe... dans la cuisine... Je ne sais pas comment j'ai fait... je ne sais plus... En tout cas, ils ne m'ont pas vue. Dehors, les autres soldats hurlaient et les deux hommes qui m'avaient suivie sont retournés près d'eux. Moi j'étais dans la cave... Je suis sortie par une autre issue, je me suis enfuie par les jardins et je me suis réfugiée dans le cimetière... dans un caveau désaffecté... Cinq ou six minutes après, ils ont attaqué le camion américain... Le véhicule était plein d'hommes... Il y avait quelques civils, des gars du maquis, mais surtout des soldats, presque tous des Noirs... Ça a tiré de tous les côtés, et là encore, j'ai eu très peur... Presque tous les soldats américains ont été tués... À mon avis, ils se sont fait surprendre... Les Allemands avaient pris position dans ma maison et le camion allié est tombé dans une véritable embuscade... Dans le véhicule, il y avait une grosse mitrailleuse qui tirait sans arrêt sur la maison, puis le tir a cessé. Les Allemands se sont rués sur le camion...

Ils l'ont vidé... Je ne sais pas ce qu'il y avait dedans... En tout cas, les Américains et les maquisards ont tous été tués. Ils ont poursuivi un Noir jusque dans le cimetière... Le pauvre garçon avait le ventre en sang... Un Boche en uniforme noir l'a achevé à coups de baïonnette... C'était affreux...

— Dans le camion U.S. il y avait un peu d'argent. La solde d'une unité cantonnée à Thury-Harcourt. Mais l'essentiel de la cargaison était composé de munitions, d'armes et de matériel, et huit garçons du réseau Éclair, des maquisards qui se rendaient dans la région de Falaise, avaient été pris à bord par les soldats américains dans la forêt de Cerisy. L'un d'eux était le colonel Robert, dont la tête était mise à prix par la Gestapo. Plusieurs petites unités américaines, des groupes isolés après les combats autour de Caen et de Saint-Lô surtout sont tombés dans de semblables embuscades, autour de Caubetot. Leurs assaillants étaient surtout des détachements SS de la 2e Division « Das Reich » dont la plupart des éléments venaient du Sud-Ouest... Ce sont des hommes de ce régiment, vraisemblablement, qui ont massacré votre famille pour pouvoir prendre position dans votre maison. Certains isolés de la Wehrmacht s'étaient sans doute joints à eux...

— Quelle horrible chose que la guerre, monsieur.

— Je vous remercie pour votre témoignage, madame Anquetin. La France vous remercie... Plus tard, nous vous questionnerons encore...

Pour tous les détails, vous comprenez... Vous êtes le seul témoin... Pour l'enquête...

— Il s'agissait de gangsters, n'est-ce pas, monsieur le maire ?

— Non... De soldats, madame.

— Des voleurs, en tout cas... Ce camion... pillé...

— Non, pas des voleurs. C'était une opération militaire. Ce qu'ils ont pris dans le camion, ils ne l'ont pas gardé pour eux mais remis au commandement de leur bataillon. Hélas, lorsque des civils se trouvent malencontreusement dans la zone de feu, pendant une opération... C'est ce qui est arrivé chez vous. Voyons... Étant donné que le colonel Robert a péri dans l'embuscade, je vais vous poser encore quelques questions pour éclaircir les faits. La ferme... La ferme Beaurain, m'avez-vous dit ? Là où ils se sont cachés avant leur attaque... C'est quoi cette ferme ?

— Oh... elle était vide... Elle a brûlé en septembre 41. Un incendie...

— Ça ne s'est pourtant pas battu, par là, en 41. Il ne s'agit donc pas d'un incendie de guerre ?

— Ah non.

— Un incendie criminel ? (Le maire prenait des notes.)

— Non, la foudre.

— Ah... la foudre, dit l'homme. Là, on n'y peut rien.

— Les Beaurain n'ont pas eu de mal, Dieu

merci. La foudre est moins mauvaise que les hommes, c'est à croire.

— Pas toujours, madame, pas toujours.

— Le bétail, lui, a été perdu entièrement. Les Beaurain sont partis s'installer à Frévigny, près d'Aunay-sur-Odon.

— Votre maison est à l'écart du village ?

— Oui. Sinon ils n'auraient peut-être pas fait leur sale coup. Est-ce que je vais toucher des dommages, monsieur le maire ?

— Bah... La guerre, vous savez...

— Vous voulez que je vous décrive celui qui avait l'air d'être le meneur ?

— Le chef, rectifia le maire. Ma foi non... Ce n'est pas utile. De toute façon, il agissait sur ordres venus de plus haut, c'est certain.

— Mais le principal coupable, c'est lui, monsieur le maire... Au tribunal, il faudra bien que...

— Venez, madame, dit le maire, d'un ton paternel, prenant la vieille par un bras. Vous allez vous reposer encore un peu...

*

Les onze rescapés de la section Heuss — la 19e de la 5e Compagnie du 3e Bataillon de la 2e Division « Das Reich » —, sept Allemands et quatre Alsaciens, des « Malgré nous », avaient regagné dans la soirée du 25 juin, après l'engagement armé au lieu-dit La Ferme-Beaurain, leur cantonnement de Vimoutiers.

Là, ils attaquèrent une unité de maquisards puis repoussèrent l'assaut d'un détachement canadien. Ils s'éloignèrent ensuite dans la campagne et pillèrent deux ou trois maisons dans un village déserté, passèrent la nuit en beuveries après avoir mis à sac un hôtel-restaurant sur la route d'Argentan. Le SS-grenadier Albert Schoffzeinweiller participa pendant une heure à ces beuveries puis resta allongé sur la paille d'une grange, épuisé. Son crâne était heurté par des élancements qui lui faisaient mal et il était toujours partiellement amnésique, hanté par les images des événements de la ferme du Nideck, des années plus tôt. Il ne voyait toujours pas qu'il portait un uniforme, un uniforme militaire, noir, des SS. Le coup brutal qu'il avait reçu au crâne avait eu trois conséquences immédiates : une perte partielle de la mémoire, un accès de confusion mentale et une idée fixe, une sorte d'obsession qui lui faisait revivre de temps à autre les événements du Nideck, qui l'avaient tant marqué. Il avait oublié que, en août 1942, obéissant aux directives du gauleiter Wagner, l'armée allemande lui avait mis le grappin dessus. Lui, Alsacien de la classe 40, natif de Schirmek, on l'avait enrôlé dans une division SS. À l'exemple de beaucoup de ses camarades, il n'avait pu se sauver. Il avait fait la guerre en Russie, en Pologne, puis en Yougoslavie, et s'était retrouvé en Normandie en juin 1944 pour être atteint d'un grave traumatisme crânien lors de l'engagement au lieu dit La Ferme-Beaurain, dans la région de Caen.

La confusion mentale était profonde et les images de la ferme du Nideck — son premier engagement armé, en mai 1939 — s'étaient accrochées à son cerveau, comme un souvenir obsédant et presque continuel. Les hommes qui l'entouraient étaient en complet veston élégant, cravatés, coiffés d'un chapeau blanc à large bord style gangster américain des années trente — comme les voyous de l'attaque manquée, au Nideck, en 39 — et non en uniforme de l'armée allemande. Schoffzeinweiller ne voyait ni les tenues noires de la SS, ni les casques, ni les bottes, ni les ceinturons — il ne voyait même pas ceux qu'il portait lui-même — ; il eût été incapable de croire qu'il n'était plus dans un gang, il avait complètement oublié qu'il n'était que dans un bataillon.

— Je n'ai jamais voulu être un gangster, gémit-il, allongé sur la paille.

— Ferme donc ta gueule ! le rudoya le SS-grenadier Staubtenkampf, assis à côté de lui et cuvant son vin. C'est la guerre, mon petit vieux.

— La guerre ?

Il était assis, ahuri, sonné, aux limites de la folie. Il répéta :

— La guerre ?

— T'as perdu la mémoire ? ricana le SS, la face plissée par le rire.

— Non... Je...

Il avait perdu la mémoire, presque totalement,

pour tout ce qui occupait la période d'avant le choc — seule la scène capitale et obsédante du Nideck restait intacte dans son esprit —, mais il se souvenait — phénomène classique dans les histoires d'amnésie — de tout ce qui avait suivi le choc contre la poutre, à ceci près que, souffrant de confusion mentale, il se voyait dans la peau d'un gangster — lui mais aussi ceux qui l'entouraient — et non dans celle d'un soldat, à tel point que lorsque, au cours de l'attaque devant la ferme Beaurain, il avait vu les Noirs de l'armée américaine sauter du camion, il n'avait pas distingué leur uniforme kaki de l'US-Army, son esprit malade *habillant* ces G.I. en convoyeurs de fonds, conformément à son optique de *gangster.* Un cas surprenant, mais plausible, et qui relevait en grande partie de la neuropsychiatrie.

— Le coup a réussi, alors ? demanda-t-il.

— Quel coup ? demanda le SS qui ôtait ses bottes pour se masser les pieds.

— L'attaque du fourgon..., murmura Schoffzeinweiller.

Tout près, des voix marquées par l'ivresse braillaient une chanson bavaroise et montaient jusqu'au hurlement pour attaquer le refrain.

Le SS dut hausser le ton :

— Quel fourgon ? T'as pas l'air dans ton état normal, toi, dis donc...

— Je veux dire le camion...

— On l'a eu... Mais on a subi des pertes...

Le SS ricana :

— Seulement, les autres fumiers ont tous été tués ! Du beau travail. Heuss est très content.

— Et la police ?

— Quoi, la police ?

— Les flics...

— Quoi donc ?

Le SS fronçait les sourcils :

— Il a été choqué, ce con ! Veinard ! Tu ne resteras pas en Normandie...

— À moins qu'il simule, ce crétin, jeta un grand blond en uniforme noir « SS Tête de mort » qui venait d'entrer dans la grange.

D'autres soldats, allongés dans la paille sèche, élevèrent la voix :

— Il ne croit plus en la victoire du Reich, ce pourri !

— Un Alsacien, pardi ! J'ai toujours dit qu'il fallait s'en méfier comme de la vérole ! Ce sont des Français, ces sagouins, pas autre chose !

Abruti, sonné, la tête comme serrée dans un étau, Schoffzeinweiller s'allongea pour essayer de dormir. Il eut du mal à trouver le sommeil. Il revoyait les cadavres des gosses, la grande mare de sang devant la maison des Lanquetin...

— Quatre gosses..., murmura-t-il.

— Qu'est-ce qu'il dégoise, ce porc ?

— C'est la guillotine assurée..., murmura Schoffzeinweiller. Comme Troppmann...

— Il délire, le guerrier ? On cherche à se faire porter pâle, espèce de traître ?

*

— Albert Schoffzeinweiller, eh bien, après les combats devant Caen, on l'a évacué, dit le pharmacien Émile Kalb, attablé dans une brasserie d'Obernai. C'est ce que m'a raconté le Rottenführer — enfin, le caporal... — Muller, qui était avec lui là-bas et qui a passé quatre jours de perme ici la semaine dernière. Ils l'ont évacué sur l'est.

Trois autres notables l'écoutaient, avant la partie de cartes, les chopes de grès pleines de bière mousseuse sur la table.

— Il a été blessé, alors ? demanda le notaire.

— À la tête, oui... Choqué, plus exactement. Il n'y a pas de blessure mais il serait devenu amnésique. Oh ! il y a eu des tas de cas comme celui-là... En Russie... Ailleurs, aussi... En 14, déjà... Il était tout retourné, le pauvre gars... Au cours d'un engagement, il a vu des civils se faire tuer... Ça l'a sérieusement ébranlé, m'a raconté Muller. Son chef lui a expliqué que, malheureusement, dans les guerres, il y a souvent des civils qui dérouillent...

— On a vu ça tant et tant de fois, dit le vétérinaire.

— Cette guerre devrait finir bientôt, maintenant, fit le quatrième vieillard, un instituteur en retraite. Les Alliés approchent de Paris...

*

Albert Schoffzeinweiller se trouvait à l'hôpital militaire de Kaiserslautern, dans le Palatinat, convalescent. Ils étaient là une trentaine de jeunes hommes à se promener au soleil, dans le vaste parc. Il y avait parmi eux six ou sept Alsaciens, des « Malgré nous », presque tous rapatriés du front de l'Est, de Pologne ou de Prusse-Orientale. Schoffzeinweiller et un jeune type de la classe 45, de la Werhmacht, un nommé Hauser, étaient les seuls à venir de Normandie.

La plupart des hommes qui flânaient là, dans les allées du parc, avaient une jambe ou un bras dans le plâtre et se déplaçaient à l'aide de cannes ou de béquilles. Il y avait deux unijambistes et un aveugle qu'on avait ramenés des bords de la Vistule.

Schoffzeinweiller avait encore la tête bandée et, l'avant-veille, un Sturmbannführer avait épinglé la Deutsche Kreuz au revers de son uniforme, décoration proposée par le Gruppenführer commandant la division où était affecté l'Alsacien, distinction accordée à dix autres hommes de la 19e Section de la 5e Compagnie du 3e Bataillon à la suite de glorieux et dangereux combats menés dans la région de Caen et en particulier au lieu dit La Ferme-Beaurain où une section de l'armée américaine et un groupe de terroristes avaient été totalement anéantis lors d'un engagement avec les SS-grenadiers placés sous les ordres directs du Scharführer Ludwig Heuss.

Schoffzeinweiller traîna d'hôpital militaire en hôpital militaire jusqu'à l'hiver 44-45. Il ne retrouvait toujours pas la mémoire, semblait ignorer qu'il était sous l'uniforme, et la Gestapo finit par le soupçonner de simuler, alors qu'il fallait beaucoup d'hommes sur les Ardennes, avec Von Rundstedt.

Le soldat Schoffzeinweiller subit un ultime examen médical début janvier 45, à l'issue duquel un médecin-major autrichien alcoolique décida la trépanation car l'état du malade s'était aggravé — et le toubib militaire se flattait d'avoir guéri de cette façon plusieurs hommes que l'on avait pu renvoyer au feu.

*

Schoffzeinweiller a pu quitter l'hôpital militaire de Bremen où un médecin nazi à moitié fou, rongé par l'alcool, l'a trépané, dans l'espoir insensé de le renvoyer au front. Il erre dans les rues de la ville. Des uniformes, partout. Il ne voit plus que ça. Tous les hommes en noir ou en verdâtre. Des jeunes de seize ans, des vieux de soixante, soixante-cinq ans... Des camions bondés de soldats passent... Il longe une rue, comme un aveugle, tâtonnant presque... Il a comme vieilli de quinze ans, ses traits sont marqués par la fatigue, la lassitude. Il s'arrête devant la vitrine d'une pâtisserie et se voit, dans son uniforme flambant neuf de la SS. Un gradé passe. Schoffzeinweiller se retourne pour le saluer, raide, le masque crispé. Il tend le bras. L'autre hoche la tête avec pitié et s'éloigne puis croise un autre vieillard, en civil, qui a vu le geste de Schoffzeinweiller et qui lâche :

— Notre pauvre jeunesse... Il y en a tant et tant comme celui-là...

Schoffzeinweiller s'éloigne vers un parc public. Il est fatigué... Il va s'asseoir sur un banc. Devant lui, tout près, coule la Weser avec, de l'autre côté, un paysage usinier, noir et lugubre, des ruines sur lesquelles s'élèvent encore trois ou quatre hautes cheminées miraculeusement épargnées par les bombes. Il reste là à attendre, les yeux dans le vague. Le soir tombe. Une sirène éclate, déchirante, et Schoffzeinweiller voudrait se boucher les oreilles. Il a la bouche entrouverte et l'air hébété. Sa tête lui fait encore mal. Il regarde le ciel gris. Il cherche des avions. La sirène hurle toujours, sinistre. Il se lève. Il sort du parc désert. Une rue sale avec des tas de gravats entassés contre les murs. La moitié des immeubles sont détruits. Il entre dans un abri. Il descend dans la cave et, déjà, le sol sableux tressaute sous ses pieds tandis que sur sa tête cognent l'orage de fer du bombardement et le tambourinement métallique des grosses pièces de D.C.A. Il s'assied par terre, se prend la tête dans les mains, une fois de plus... Un fracas gigantesque roule sur lui et le voilà entraîné dans un fleuve de poussière, de terre, de parpaings et de gravats, pantelant, poussé comme un rat mort vers les abîmes de la cave tandis que, là-haut, s'écroulant comme une montagne pulvérisée, l'immeuble s'affaisse en grondant, étage sur étage, emportant meubles et souvenirs dans son colossal tourbillon de fumée, aplati en cinq secondes dans un geyser de terre et d'asphalte pilé.

*

Elle est calme et proprette, riante, fleurie, la petite maison d'Alsace, isolée au bord de l'Ill, au fond d'un verger.

— Cousine, mon uniforme est prêt ? demande Schoffzeinweiller. Il est l'heure que je parte.

Thérèse, sa jeune cousine, une jeune fille de seize ans, lui apporte son uniforme noir de la SS, nettoyé et repassé. Il le met, lentement, en prenant son temps. Il ajuste soigneusement le ceinturon, la gaine au côté, pour l'arme de poing ; il y glisse son revolver Mauser. L'adolescente a pris le vieux costume de velours bleu foncé qu'il vient de quitter et l'a placé sur un cintre. Et elle regarde le vêtement avec tristesse, prête à pleurer, comme on peut regarder les effets d'un être cher qui vient de mourir, qui restent pendus sous vos yeux, et soudain ces vêtements deviennent ce qu'il y a de plus triste dans la maison...

Lui, il enfonce le casque lourd sur sa tête puis marche sur Thérèse, la prend doucement aux épaules et l'embrasse sur le front.

*

Schoffzeinweiller n'a pas dormi de la nuit. Il n'a vraiment pas fermé l'œil. Dans le camion qui l'emportait, il était le seul à ne pas dormir.

Ses compagnons, une dizaine d'hommes, sont assoupis, la plupart bouche ouverte. Le véhicule fonce dans la nuit humide, traverse des villes endormies, comme mortes, avec leurs pavés luisants... Sarrebourg... Thionville... Arlon...

À l'aube, Schoffzeinweiller commence à voir se dessiner dans une brume légère le paysage des Ardennes, les forêts sombres et épaisses qui escaladent des pentes sans fin. Il entend le roulement du canon. Il regarde les autres soldats, encore endormis, la mitraillette ou le fusil contre eux.

Puisque cette guerre ne semble pas vouloir finir, il a pris une décision. Ces combats, eh bien, finalement, il les a acceptés. Il a reçu la Deutsche Kreuz pour sa campagne de France de l'été 44. Eh bien, il obtiendra d'autres décorations, d'autres distinctions... Et ces trophées, la paix revenue — car elle viendra bien, tôt ou tard —, lui serviront dans le civil pour se faire une situation, l'aideront à se construire une place au soleil... On le respectera plus qu'un autre, il aura toujours priorité sur un non-décoré. Il épouse la guerre, il s'y plonge, s'y noie, se fond en elle comme on se mêle à une maîtresse...

Le camion a stoppé sur la place d'un bourg, sous la halle de ce patelin pratiquement désert. Il y a juste un vieux type qui passe, poussant trois chevaux devant lui, puis une camionnette cahotante et poussive chargée de bottes de paille... Deux ouvriers à vélo s'éloignent dans l'aube...

— Descendez, les gars !

C'est le sergent qui a lancé l'ordre, debout, mitraillette en main. Schoffzeinweiller ne s'est pas étonné de voir en lui, quant au physique et à la façon d'agir et d'aboyer les ordres, une sorte de Hopferr le Sarrois. Depuis mai 1939, chaque fois qu'il a eu à accomplir une action armée, il s'est trouvé sous la domination d'un Hopferr, même si celui-ci portait un autre nom : Heuss ou Trauffel, le sergent d'aujourd'hui.

Les hommes ajustent leur arme...

— On attaque déjà ? demande un type.

— Descendez et entrez dans le bâtiment en brique, par la petite porte de gauche... Vous vous mettez là-dedans et vous ne bougez plus. Il est très tôt, il n'y a personne à l'intérieur. On ne vous verra pas.

— C'est un abattoir municipal, dit un homme.

— Oui. Mais il est vide. On n'y tue les bêtes que les lundis et les jeudis. Aujourd'hui vendredi : personne. Ce qu'on a à attaquer se trouve juste en face...

Schoffzeinweiller a jeté un coup d'œil. Juste en face il y a une grande maison grise à deux étages, comme déserte, avec, à gauche, les arbres aux branches dégouttant de pluie d'un jardin public et, à droite, une école maternelle.

Les dix hommes se sont faufilés dans l'abattoir désert. L'attente commence.

— Vérifiez vos armes, dit le sergent « Hopferr ».

— Qu'est-ce que c'est encore que cette position à prendre ? demande Schoffzeinweiller.

— Tu as de nouveau perdu la mémoire ? ricane le chef.

Schoffzeinweiller se passe une main mal assurée sur le crâne... Il a ôté son casque...

— Cette position, c'est le P.C. de l'état-major américain, dit un type, d'un ton persifleur. Là-dedans, il y a onze officemards, en train de roupiller ou de s'envoyer en l'air avec des poules... On va en faire de la chair à pâté.

Ils ont attendu deux, trois heures, enfermés dans l'abattoir. Bientôt, les enfants que l'on conduisait à l'école maternelle ont commencé à arriver. Les gosses restaient groupés dans la petite cour, derrière la grille. Schoffzeinweiller les voyait parfaitement, par une lucarne de l'abattoir. Une institutrice les surveillait, une jeune femme qui ressemblait à celle qu'il avait vue dans la cour de la ferme du Nideck, en 39...

— On va encore buter des gosses..., grimaça-t-il.

Il haussa les épaules :

— Mais c'est la guerre...

Trois types avaient sorti du camion une mitrailleuse lourde en pièces détachées. Ils la montaient, dans l'abattoir, au bas d'une étroite fenêtre qui avait l'aspect d'une meurtrière.

— La sulfateuse lourde couvrira ceux qui fonceront vers le bâtiment, dit « Hopferr ». Il faut employer les grands moyens.

— Vous n'avez pas un mortier, chef ? demanda Schoffzeinweiller, ironique.

— Toi, le fada, silence.

Ils le regardèrent tous, quelques-uns hochèrent la tête avec pitié. Février 1946, et ce fada-là se baladait toujours avec son uniforme de SS sur le dos. Trois hold-up qu'il accomplissait déguisé de la sorte ! Le « sergent » Trauffel, le chef de la bande, expliqua à Stani, un nouveau, un petit type qui, sorti de prison fin 45 après avoir purgé sept ans de réclusion criminelle, venait d'entrer dans la bande :

— Salement sonné, le gars... Puis trépané... Ça ne l'a pas arrangé...

Le gangster Trauffel avait pris le petit Stani dans un coin et eu le temps de lui raconter l'histoire d'Albert Schoffzeinweiller :

— Il se battait en Normandie... Il avait perdu la mémoire, à la suite d'un choc très violent... Il déraillait du côté ciboulot, aussi... Il voyait des choses... Il s'imaginait être un gangster. Les autres, autour de lui, il ne les voyait pas vêtus en troufions mais en civils ! Il ne voyait pas des soldats mais des truands, des gangsters ! Hôpitaux militaires... À n'en plus finir... Début 45, à Brême, on l'a trépané... Ça l'a comme qui dirait achevé !

Une loque... avec son idée fixe... le cerveau fêlé... Comme mémoire ? Presque plus rien. Juste avant la paix, fin avril 45, il a été encore un peu plus sonné, dans un bombardement... Il venait de sortir de l'hôpital... On l'avait renvoyé, on ne pouvait plus rien pour lui... Et puis c'était la débâcle... Lui, il se voyait toujours soldat... Faut dire qu'on l'avait charcuté à l'intérieur du crâne... Le pauvre gars se voyait habillé en SS... Dans la rue, quand il croisait un gradé, il le saluait ! Un dingue, quoi... Un pauvre dingue de guerre... Le bombardement, je l'ai dit, l'a sonné au reste... Il n'a pas su que la paix était revenue... Les cousins qui l'ont recueilli ne l'ont pas contrarié... Ils avaient pitié, tu comprends... D'ailleurs, il ne les aurait pas crus... Si on lui avait dit que la guerre était finie, il n'aurait pas marché... Dans le village, il lui arrivait de se balader en uniforme SS... Les autorités du patelin fermaient les yeux... Toujours la pitié, tu comprends... Un pauvre gars qui en avait tant bavé... Enrôlé de force par les Allemands... La Russie... La Normandie... Et devenu à moitié dingue... On compatissait... Ça s'explique... On ne le contrariait pas... On savait bien que ce n'était pas un vrai SS, que les SS, c'était fini, bien fini... Alors, ma foi, si le gars avait conservé son uniforme, ce n'était pas grave... Puis, il s'ennuyait tellement, le pauvre gars — et au tir, il était champion, fallait le voir s'exercer dans son jardin ! — il se barbait tellement qu'un de ses cousins, un gars du milieu, l'a aiguillé sur moi...

Et l'Albert, il est devenu malfrat. Un malfrat un peu spécial, faut le dire... Un peu zinzin, d'accord, mais faut reconnaître que dans les deux hold-up auxquels il a participé depuis qu'il est avec moi, en novembre et en décembre 45, à Colmar puis à Forbach, eh bien, il s'est démené comme un vrai crack des sections d'assaut ! Il travaillait en uniforme, le frère ! Casque, bottes et toute la panoplie ! Il faut dire que le fada se croyait à la guerre, et ses copains, eh bien, il les voyait fringués en troufions ! Si tu l'avais vu prendre les banques d'assaut... Rentré chez lui, il ôtait son uniforme et se remettait en bouseux. Il se croyait en perme, ce fada ! Et aujourd'hui, le voilà reparti ! Non mais regarde-moi ça... Il s'imagine qu'on va attaquer le P.C. de l'état-major américain. Mais il va nous faire un vrai coup de feu, ça c'est sûr. La banque Nordheim, il va nous l'attaquer comme il attaquerait un bastion ricain ! Et puis, pour les civils qui se baladent autour du lieu de l'action, s'il y en a, il prend moins de gants, tu comprends... Ça l'embête un peu, d'accord, mais comme il croit qu'on est à la guerre, ce mariolle-là, il ne pense pas aux conséquences... C'est comme si le F.B.I. ou Scotland Yard avaient cherché des poux dans la tête aux gars qui ont tué la moitié des gosses de Dresde avec des bombes d'avion... Faut pas confondre bombardement et assassinat ou mouvement d'infanterie et vol à main armée, comme dirait l'autre !

Schoffzeinweiller s'approcha du caïd, se mit au garde-à-vous et claqua des talons :

— Sergent, il faudrait essayer d'évacuer les civils... Les gosses de l'école maternelle, juste à côté du bâtiment de l'état-major...

— On ne touchera pas aux gosses, soldat Schoffzeinweiller. Je vous en donne ma parole de sous-officier. Rompez, et rondement !

Les truands éclatèrent de rire. Le nouveau regardait le fada avec des yeux ronds.

Schoffzeinweiller fit un demi-tour réglementaire et s'éloigna vers la « meurtrière ».

— Le pire, dit le caïd, c'est qu'il nous voit tous en uniforme allemand. On ne peut pas lui ôter ça de la tête, tu comprends... Et puis, s'il se croyait en période de paix, peut-être bien qu'il serait moins efficace...

*

— Asseyez-vous, monsieur, et dites-nous ce que vous savez, dit le commissaire de police.

Le vieillard s'était assis face au bureau où se tenait le policier.

— Je m'appelle Auguste Courtille. J'ai quatre-vingt-deux ans et je suis le concierge de l'école maternelle de la place de la Division-Leclerc, à Villeneuve-en-Ardenne, école située, comme vous le savez sans doute, juste à côté de la banque Nordheim qui a été attaquée par des gangsters ce matin. Ils devaient être dix ou douze...

Rien que des gaillards de vingt-cinq, trente ans... Ils étaient armés de mitraillettes, de pistolets, de fusils... Je pense qu'ils s'étaient cachés dans l'abattoir, juste en face. Le local était désert, vous comprenez... Ils ont dû venir en camion et garer leur véhicule sous la halle... Ils sont probablement arrivés dès l'aube, alors qu'il faisait à peine jour... Ils étaient donc cachés là, et vers huit heures et demie, ils ont attaqué. D'abord, une grosse mitrailleuse a ouvert le feu. Le tir partait d'une fenêtre de l'abattoir. Ils tiraient sur le portail de la banque. Quelques employés venaient d'arriver et se trouvaient dans les vestiaires... Dans la cour de l'école, ce fut la panique... Les enfants couraient dans tous les sens... Il y a d'abord eu quelques balles perdues et trois gosses ont été tués. Mlle Allard, l'institutrice qui les surveillait, a reçu une balle dans le ventre... Puis des bandits se sont introduits dans l'école... Je les ai entendus crier. J'ai tout de suite compris qu'ils voulaient passer par là de façon à entrer dans la banque par les entrées privées, derrière... Il faut passer par l'école, ça évite de faire tout le tour du pâté de maisons. Je les entendais très bien, j'étais enfermé dans ma loge et la fenêtre était restée entrouverte... Une fusillade a éclaté... Un autre gosse a été touché... Un des gangsters a même crié : « C'est malheureux, mais c'est la guerre ! » Je l'ai bien entendu, il était juste devant ma fenêtre... Ce qu'il y avait de bizarre c'est que ce voyou — c'était le seul dans la bande — avait un uniforme sur le dos. Je n'ai pas rêvé. Un uniforme noir. Je jurerais que c'était une tenue de SS. Et il était casqué. Un casque boche.

— Le même gars qui était à Colmar et à Forbach, dit le commissaire, s'adressant à un de ses inspecteurs.

— Puis, comme vous le savez, ils ont pu entrer dans la banque... Et ils ont eu le temps de repartir, avec l'argent... Des sacs de billets... et des barres d'or... Un des apaches avait amené le camion juste devant l'entrée, sur la place. Tout a été très vite, vous savez. À huit heures quarante, tout était terminé. Comme vous avez pu l'apprendre, ils ont coupé les lignes téléphoniques... Le caissier principal, M. Morard, qui était armé, a riposté... Ils ont eu deux tués. Vous le savez, je pense ? Moi je me demande ce que fabrique la police, monsieur le commissaire. Je vous le dis comme je le pense ! Des enfants tués à la guerre, c'est triste, mais on n'y peut rien, n'est-ce pas, c'est la guerre. Mais que ça arrive au cours d'un cambriolage, d'un « oldupe », comme on dit maintenant, alors moi je dis non, et je le crie bien fort, monsieur le commissaire ! Et c'est un ancien de la guerre du Tonkin qui vous parle.

— Tenez, buvez un petit coup de café, grand-père, dit un inspecteur en débouchant une thermos.

*

Quand les policiers — deux inspecteurs en civil — se présentèrent à la petite maison au bord de l'Ill, un matin, vers sept heures — moins d'une semaine après le hold-up sanglant de Villeneuve-en-Ardenne — la police avait fini par l'identifier —, Schoffzeinweiller ne comprit pas ce qui se passait. Il bondit de son lit, s'habilla en vitesse — il n'avait pas son uniforme sous la main, celui-ci était au lavage ; il revêtit son vieux costume de velours — et eut le temps de s'enfuir par-derrière, en traversant le lavoir. Il courut comme un fou à travers champs. Il put atteindre la grand-route de Sélestat où, après cinq minutes de marche rapide, un curé en 4 CV le prit en stop.

— Vous avez l'air souffrant, mon garçon, lui dit l'ecclésiastique.

— Accélérez, mon père... Je suis poursuivi par la Gestapo !

Le curé eut un léger sursaut. Il regarda attentivement Schoffzeinweiller, cet homme de vingt-six ans qui en paraissait presque cinquante, avec son visage marqué de rides profondes, son air hagard et ses cheveux blancs.

L'ancien « Malgré nous » sortit un revolver Mauser de sous sa veste. Il n'en menaça pas le curé mais ce fut du juste :

— Accélérez, je vous dis !

— La... la Gestapo vous recherche ?

Le curé avait l'air légèrement effrayé.

— Mais puisque je vous le dis, mon père ! Ma

croix de guerre ne pèse pas lourd devant ces gens-là ! Ils ne respectent rien ! Ils m'en veulent ! Des salauds qui restent continuellement à l'arrière... Moi, un soldat, on vient m'arracher de chez moi, au saut du lit ! En pleine perme ! Accélérez, je vous dis !

— Mais... que... qu'avez-vous fait ?... bredouilla le curé.

La petite auto roulait sur la route qui serpentait au milieu des sapins.

Schoffzeinweiller haussa les épaules :

— Peut-être que j'ai tué trop de civils... Ou pas assez ! Je ne sais plus. Allez y comprendre quelque chose avec ces abrutis !

L'abbé avait remarqué la longue cicatrice, sur la base de la nuque de son passager.

— Il n'y a plus de Gestapo, Dieu merci, mon pauvre garçon... Nous sommes en 1946. La guerre est finie.

Schoffzeinweiller le regarda, ahuri, la lèvre tremblante. Un peu de bave apparut sur ses lèvres frémissantes. On eût dit un épileptique au bord de la crise. Il balbutia :

— La guerre... la guerre est finie ?

— Mais oui, voyons.

Et l'abbé avait lâché un léger rire, n'ayant pu se retenir ; pas un rire moqueur cependant, un rire sain, plein de joie.

— Mais alors..., bredouilla Schoffzeinweiller. Pourquoi... Pourquoi ces attaques, ces assauts ?

Le sergent m'a bien commandé d'attaquer à outrance et...

Il s'interrompit net car l'abbé venait de freiner pile. Une dizaine de gendarmes surgissaient des fourrés, mousqueton en main, et barraient la route. Un véhicule de la gendarmerie s'était placé en travers de la chaussée, trente mètres plus loin.

*

Incarcéré à Strasbourg, Schoffzeinweiller — le gangster en uniforme, comme l'appelèrent certains journaux —, bien qu'ayant été trépané et souffrant de troubles du comportement, fut reconnu — en dépit d'une intelligence très atténuée — sain d'esprit par les psychiatres qui l'examinèrent. Il fut condamné à la peine de mort aux assises du Bas-Rhin le 4 novembre 1946. Il avait tué six personnes adultes et deux enfants au cours d'attaques de banque à main armée, le 6 novembre 1945 à Colmar, le 15 décembre 1945 à Forbach et au matin du 26 février 1946 à Villeneuve-en-Ardenne, près de Sedan. Ses avocats avaient plaidé en vain l'irresponsabilité mentale et l'accident, la fatalité, Schoffzeinweiller n'ayant pas voulu abattre ces passants.

Le président de la République refusa la grâce. C'était l'époque des gangs des tractions avant. Il fallait faire un exemple et veiller à ne pas choquer l'opinion publique.

Au matin du 3 mars 1947, alors que les bois de

justice avaient été dressés, dans la nuit, au fond du grand préau de la prison, derrière un rideau noir, lorsque les gardiens vinrent le réveiller pour aller au supplice, Schoffzeinweiller demanda à être exécuté les yeux non bandés. Il se tourna vers son avocat :

— On m'a bien promis que je serais fusillé debout, n'est-ce pas, maître ?

L'avocat ne sut que répondre, pris de pitié, gêné.

— Et je veux que le coup de grâce me soit donné par un Oberführer. Pas par un vulgaire sous-off ! Oh ! mais je le savais bien que la Gestapo finirait par m'avoir ! Que voulez-vous, messieurs, mon seul crime a été d'être alsacien.

L'avocat général, qui avait obtenu la tête de Schoffzeinweiller, se pencha discrètement vers le directeur de la prison et lui murmura à l'oreille :

— Simulateur jusqu'au bout... Que voulez-vous, quand on a commencé par *faire semblant d'être allemand...*

Une bonne place

Sans argent, sans avenir, sans travail, j'errais l'âme en peine. Je m'étais fait entretenir pendant un an, mais la quinquagénaire du seizième qui m'engraissait avait tout de même fini par en avoir plein le dos de ma petite gueule de beau gosse. La bouse m'avait tout repris : mes bagues, ma voiture de sport, mon duplex (à Passy), mes costumes. De plus, elle m'avait coupé les vivres quinze jours avant de rompre, si bien que, le jour où elle m'interdit l'entrée de son appartement de douze pièces, je n'avais pas un sou d'avance.

Je n'allais toutefois pas me mettre à me morfondre sur mon sort ni à échafauder des plans pour me venger du vieux tas.

J'étais à la rue, seul. Naturellement, pas question de chercher un boulot à deux ou trois cent mille tickets par mois. Ce qu'il me fallait c'était le bon job bien payant et pas creusant, la bonne aubaine, quoi. Je n'étais pas à la rue depuis trois jours que je tombai sur l'annonce.

En lisant l'offre d'emploi, je me demandai si

c'était du lard ou du cochon et je restai comme deux ronds de flan. Jusqu'alors, des annonces comme celle-là, je n'en avais lu qu'au cinéma, dans des films américains. Pourtant, elle était bien là, l'annonce, sous mes yeux. Je la relisais, ahuri, accoudé au comptoir du *Canon des Gobelins*. C'était l'annonce genre « Milliardaire cherche homme de confiance pouvant servir de garde du corps », ce genre de truc qu'on lit parfois dans les bouquins de James Hadley Chase. Bien sûr, ce n'était pas ça, mais c'était assurément du même tonneau. Écoutez un peu : « *Cherchons homme jeune, athlétique, pour surveiller propriété, pouvant éventuellement effectuer travaux de jardinage et besognes diverses. Très gros salaire si conditions requises. S'adresser Moghliéri 97, route de Suresnes, à Neuilly-sur-Seine.* »

Si j'avais bonne mémoire, le Moghliéri en question n'était autre que le célèbre armateur, milliardaire à vous en donner le vertige, et le 97, route de Suresnes une de ses propriétés.

Ce gars-là était fichu de me payer une demi-brique par mois les services qu'il demandait.

Le journal était sorti un peu après minuit et il était neuf heures. La place était certainement déjà prise. J'étais jeune et athlétique et les garçons athlétiques cherchant du travail ne courent pas les rues ; la plupart s'entraînent au stade ou travaillent honnêtement, chez Renault ou chez Plumeau.

Je ne fis ni une ni deux. Je payai mon verre et filai à Neuilly.

Naturellement, le 97 était un hôtel particulier comme on en voit à Neuilly ou avenue Foch. Une grille, du lierre sur cent mètres de rue. On apercevait la toiture de l'habitation par-dessus les arbres. Le genre très fermé. Sans trop savoir pourquoi, j'attendis un peu, me rongeant l'ongle du pouce. Puis je sonnai. Évidemment, ici, pas de pancarte annonçant le chien méchant. Ce genre de menace est réservé aux pavillons miteux construits après la loi Loucheur. Mais l'allure du gars qui vint m'ouvrir en aurait remontré au plus méchant des toutous. Le larbin hautain et glacial, avec morgue, moue dédaigneuse, œil bleu et perçant faisant l'inventaire ; le tout habillé de noir et de blanc ; le parfait larbin stylé empestant sa profession à quinze pas.

— Vous désirez ?

— Je voudrais voir M. Moghliéri.

— Entrez, mon ami.

J'entrai et il me précéda à travers le parc jusqu'au perron de la maison. Je remarquai un type armé d'un râteau, en train de racler l'herbe, au milieu d'une pelouse, non loin d'une tondeuse à gazon. L'individu me jeta un regard mi-haineux, mi-ironique. L'homme — une sale bobine — était très athlétique et frisait la trentaine. Je me demandai si le loustic ne m'avait pas soufflé la place. Il avait dû se lever de très bonne heure ou l'annonce avait peut-être déjà été publiée par des journaux de la veille ou de l'avant-veille que je n'avais pas consultés.

Le chien méchant me fit entrer dans un salon et me pria d'attendre. C'était meublé comme un salon de l'Élysée et il y avait des Dufy, des Braque, des Matisse comme si les toiles poussaient sur les murs. Le larbin s'éclipsa par une porte et je restai seul dans le musée. J'attendis un bon bout de temps et, malgré tout le fric qui se trouvait là, je me mis à penser que l'endroit ressemblait plutôt au salon d'attente d'un dentiste. Je fis quelques pas vers une porte-fenêtre et j'aperçus le type au râteau. L'animal avait cessé de racler le gazon et regardait d'un air sournois vers les fenêtres. Peut-être — s'il était venu pour l'annonce — n'avait-il été qu'à moitié accepté et craignait-il de me voir lui souffler la place ? Peut-être était-il ancien dans la maison et ne me trouvait-il pas assez sympathique pour devenir son collègue ? La tête dressée, les yeux dans le vague, l'air d'un parfait abruti, il finit par m'apercevoir et se remit aussitôt à ratisser son gazon sans grand enthousiasme.

Je comptai encore quelques mouches puis une porte s'ouvrit et un type apparut. Grand, mince, il avait l'air très avenant et vint à moi en me gratifiant d'un sourire. Il me serra même la main. Pas du tout le genre « gens de maison » du chien méchant.

— ... secrétaire particulier de M. Moghliéri.

J'avais parfaitement entendu « secrétaire particulier de M. Moghliéri », mais, comme cela arrive la plupart du temps dans ces cas-là, je n'avais absolument pas fait attention à son nom. Je me présentai à mon tour, en espérant que lui retiendrait mes nom et prénom :

— Paul Russet. Je viens pour l'annonce...

— Vous n'avez pas de chance, me dit-il dans un grand sourire. La place est prise.

Et nous regardâmes tous deux, en un touchant accord, dans le parc, le sournois au râteau.

— Ah bon, je fis. Monsieur vient d'être engagé...

Cela me faisait tout drôle d'appeler Monsieur cette figure d'empafé qui venait de me souffler une place assurément en or.

— Hé oui, cher monsieur. Il a été engagé hier matin. L'annonce paraît depuis quatre jours, vous savez...

— Je ne l'ai vue que ce matin.

— Je regrette beaucoup...

— Tant pis. C'était... Quel travail était-ce, au juste ?

— Oh ! rien de bien terrible... La maison à surveiller la nuit et durant les absences de M. Moghliéri, un peu de jardinage, quelques menus travaux... Et aussi, la voiture. Oui, c'est stupide, mais nous avons totalement oublié de mentionner dans l'annonce que nous cherchions une personne sachant aussi conduire. Je me préparais à faire publier un autre libellé lorsque..., ce monsieur s'est présenté.

— Mais je sais conduire.

— Je vous crois sur parole, cher monsieur... mais... votre devancier aussi. Voilà. Je regrette beaucoup...

— Euh... Par simple curiosité, pourriez-vous me dire quels étaient les appointements ?

Encore un grand sourire :

— Mais certainement. Nourri, logé et sept mille nouveaux francs par mois.

J'étais abasourdi. Sept cents tickets !

— Vous comprenez, M. Moghliéri exige un personnel de haute confiance et il le paie très cher. Voilà. Bonjour, monsieur.

Cette manie de dire bonjour quand on est pour partir !

Il ne m'avait pas dit : « Bonjour chez vous », mais c'était tout comme. Il était temps de s'en aller. Il me laissa filer et disparut par une porte. Je descendis dans le parc le cœur gros. J'en avais épais sur la patate. Pour un manque de pot, c'était soigné. Sept cents tickets par mois pour peigner de l'herbe et promener un milliardaire dans sa Rolls ! Une sinécure. Jamais je ne retrouverais une place pareille. Et l'autre pomme, là-bas, au milieu de son gazon, qui recommençait à me regarder. Il paraissait triste à mourir, il n'avait pas l'air très content. Ce gars-là devait être rudement exigeant, jamais satisfait, en voulant toujours plus, jamais heureux en somme. Peut-être espérait-il, en venant, un million ou deux par mois ?

Je m'arrêtai pour allumer une cigarette. Il lâcha son râteau, s'essuya les mains dans un mouchoir et se mit à me reluquer comme si je venais de sortir d'un des Picasso du salon élyséen. Nulle trace d'ironie dans son regard, plutôt un air enchosé. Peut-être que ça lui faisait de la peine de me voir sortir bredouille de la maison ? Sait-on jamais ? Les types sentimentaux, ça existe. Je me préparai à aller à lui quand il me fit un petit signe de tête, m'invitant à venir le trouver. Ça tombait bien. Je négligeai l'allée de gravier et empruntai bravement le gazon anglais. Je vis le type de près. Il avait l'air moins sournois que de loin. Il semblait embêté, presque brave. C'est fou ce que ça trompe, les distances. Il avait bien dans les quarante ans, était un peu plus petit que moi ; ses bras étaient terriblement musclés et velus et il avait un tatouage sur un biceps. Il me fit penser à un marin. Il sortit une blague à tabac de sa poche et se mit à en rouler une.

— Alors ? me dit-il, montrant la maison.

— Alors pas de pot. Je suis venu un jour trop tard.

— Ah ça, c'est une fameuse place...

Il appréciait tout de même.

Il lécha avec application son papier à cigarettes :

— Je me suis présenté hier matin. On m'a engagé sur-le-champ. J'étais le cinquième, mais les autres n'avaient pas plu.

— C'est bien ici ?

— Je ne suis là que d'hier... Mais, enfin, ça a l'air tranquille... Le secrétaire est très bien... Mais Ducroissy... Ah ! la vache !

— Ducroissy ?

— Un fumier.

Le type ne se méfiait vraiment pas. J'aurais pu être un envoyé des patrons, un espion. La chose se fait souvent quand on commence dans une place. Faut jamais dire ce qu'on pense. Ou alors faire croire qu'on est content de tout.

Il ajouta :

— Ducroissy c'est le type qui vous a ouvert. Il s'occupe des communs. Il m'a déjà engueulé parce que je fumais près des rosiers... Notez bien que je l'emmerde... Le secrétaire, lui, est parfait. Et puis c'est lui qui m'a engagé. Je n'ai pas d'ordres à recevoir de l'autre...

— Et Moghliéri ?

— Quoi, Moghliéri ?

— Pas trop casse-bonbons ?

— Je l'ai juste entrevu. Il est dans son bureau...

Il me montra une aile de la maison. Tout à coup, il se mit à me fixer comme si je lui rappelais son arrière-grand-mère :

— Dites donc...

— Quoi ?

— Ça vous aurait botté, cette place, pas vrai ?

— On ne peut rien vous cacher... Sept cent mille balles par mois... Il est d'aplomb d'esprit, Moghliéri ?

— Il paie royalement. Il peut se le permettre.

— Tout de même... Pour ratisser la pelouse...

— Ça, c'est de l'extra. Le boulot principal, c'est conduire. Paraît qu'il ne voyage qu'en bagnole et qu'il va parfois jusqu'en Turquie. Pas de la tarte. Et comme il se balade avec une flopée de documents... C'est un travail de confiance.

— Ouais. Très bien. Eh bien, au revoir.

Il me rattrapa du regard :

— Dites donc...

— Oui ?

— Ça vous aurait chanté, un boulot comme ça ?

— Je pense bien, mais puisque vous êtes là... N'en parlons plus.

— Je m'en vais vous dire une chose...

— Oui ?

— En me faisant engager, j'ai eu de la chance et j'ai pas eu de chance. C'est mal tombé, si vous préférez.

Il m'expliqua un truc pétrifiant. Le gars avait pris la place parce qu'il avait un besoin urgent d'un million ancien. Et pour gagner cette brique, il lui fallait travailler ici près d'un mois et demi. On était le 15 avril. Moghliéri payait chaque fin de mois. Le 30, le gars aux bras velus recevrait 350 000 A. F. Pour avoir son million, il devrait encore gratter jusqu'au 20 mai environ, et à condition de ne pas aller faire la nouba après le travail.

— Un petit million, c'est tout ce qu'il me faut. L'enquiquinant c'est qu'il me faut ce fric tout de suite... Enfin, cette semaine.

Le type était bien un ancien marin. Un million. Le prix de son voyage et de son installation au Venezuela où l'attendaient une affaire de bateaux de plaisance à mettre sur pied et la femme de sa vie, une Mexicaine qu'il avait connue au Brésil. Une histoire insensée.

Il sortit son portefeuille, l'ouvrit et me montra la photographie de sa Dulcinée. Une beauté qui méritait bien que l'on traverse l'océan pour elle, une brique en poche.

— Ça fait un an qu'elle m'attend. Elle m'a fixé son délai. Et elle tiendra parole, je la connais... Si je ne suis pas là-bas ce mois-ci, l'affaire de bateaux nous passe devant le nez et elle retourne au Mexique, dans sa famille. Je ne la reverrai plus. Voilà. Un million. Ce million, je l'aurai à la fin mai, mais à la fin mai, ce sera cuit. Qu'est-ce que j'irai foutre au Venezuela, à ce moment-là ?

Il était presque émouvant, ce type.

— Voilà pourquoi j'ai pris la place... Avec une petite idée derrière la tête. Une petite idée pas très honnête... Mais dans la vie, faut bien se débrouiller. Je comptais demander une avance : mon salaire d'un mois et demi de travail. J'ai posé la question à Rahon, le secrétaire, pas plus tard que ce matin, une heure à peine avant votre arrivée. Il m'a fait les gros yeux et m'a répondu que M. Moghliéri ne serait pas content du tout s'il apprenait ça. Ici, on paie grassement, mais pour les avances, tintin. Moi, le million en poche, je restais ici encore deux ou trois jours puis, sans crier gare, je me faisais la malle. Il y a un bateau à Bordeaux le 21... J'étais sûr d'être embarqué. J'avais tout préparé... Mais sans le million, rien à faire.

Voilà pourquoi il faisait la gueule, ce matin, à mon arrivée. Je ne m'étais pas trompé : quelque chose le contrariait.

— À présent, vous comprenez pourquoi cette place ne m'enchante qu'à moitié... Qu'est-ce que j'en ai à faire, moi, de gagner 700 000 balles par mois, si je dois rester ici tout seul, à me morfondre, sans ma Lola et sans mon affaire de bateaux ?... Parce que les bateaux, les petits bateaux, c'est ma passion... Un truc en or et le Venezuela, eh bien, c'est le paradis... Ne le répétez pas, sinon tout le monde irait là-bas... Voilà ma situation. Quelle mélasse, pas vrai ?

— Si vous aviez obtenu cette avance... Aussitôt votre départ, Moghliéri aurait porté plainte.

— On n'aurait pas été me chercher au Venezuela. Et puis, par la suite, je l'aurais remboursé. Parce que la construction de bateaux, là-bas, ça rapporte des fortunes...

— Et si vous racontiez votre petite histoire, bien franchement, à M. Moghliéri ?

— Vous rigolez ? Je m'amène ici, pour gratter, et la première chose que je ferais, ce serait de demander un emprunt d'un million et ma liberté ? C'est pas une maison de crédit, ici. On m'aurait claqué la porte au nez...

Une idée germa en trois secondes dans ma tête :

— En somme, ce que vous cherchez, c'est un million ?

— Exactement.

— Et si vous l'aviez, ce million... mettons dans les deux ou trois jours... vous abandonneriez la place ?

— Ça, c'est réglé comme papier à musique.

Un million... En travaillant dans cette maison pendant six semaines, j'aurais gagné ce million. À partir du quarante-sixième jour de labeur, je pourrais commencer à faire des économies. La place était à moi.

— Vous n'avez pas cherché à emprunter ailleurs, bien sûr ?

— Je ne connais que des fauchés. Rien à faire. Y a que Moghliéri qui aurait pu me dépanner.

Il semblait désespéré. Il crispait ses mains sur le manche de son râteau, l'air malheureux.

Je pensai aux deux millions d'économies de ma chère vieille mère : cinquante ans de travail dans sa petite blanchisserie de Melun... Elle me prêterait un million, pas d'histoires.

— Moi je peux vous dépanner...

Ses yeux s'arrondirent, implorants. Il me fit penser à un chien miteux à qui on va donner un sucre :

— Vous me faites pas marcher, au moins ? Ce serait trop moche...

— Quand je pense que j'allais traverser le parc sans vous adresser la parole...

— Vous ne plaisantez pas, j'espère ?

— Absolument pas.

Maman — que je ne suis pas allé embrasser depuis six ou sept ans — ne me refuserait pas ce million. Si elle disait non, je devrais employer les grands moyens et les lui faucher. Elle était restée « vieille France » et dotée d'un solide atavisme paysan. Elle n'avait pas confiance dans les banques et planquait son magot dans une boîte à biscuits qu'elle rangeait derrière une pile de draps, dans son armoire. Je connaissais la cachette.

— Je vous file l'argent et vous me laissez la place ?

— Parole.

— En somme, vous me vendez la place...

— Je ne vous vole pas. Une place comme celle-là !... C'est moins cher qu'un taxi ou un kiosque à journaux.

Restait une question à régler, et d'importance. Je devais être assuré d'une chose : une fois la transaction effectuée, je devais être certain d'être engagé à la place du « Vénézuélien ». Je ne verserais pas d'argent avant d'en être archi-certain. J'étais sûr d'avoir fait bonne figure auprès du secrétaire et j'avais à peu près toutes les chances, une fois le mataf démissionnaire, d'être embauché à sa place. Je calculai que je pourrais me rendre à Melun, chez ma mère, l'après-midi même, et me pointer chez Moghliéri dès demain matin.

— On s'arrangera, dit le mataf. Nous irons trouver M. Rahon ensemble... Il a l'air très compréhensif. Je lui expliquerai que j'ai reçu un télégramme... que je dois partir d'urgence... pour plusieurs mois... et que j'abandonne la place. Aussi sec, vous vous proposez pour me remplacer. On verra bien. S'il refuse, on n'en parle plus. Vous rempochez votre fric et je retourne à mon gazon.

— Il acceptera.

Je donnai rendez-vous au mataf pour le lendemain matin.

— J'espère que vous serez là ?

— Certainement. Quand Moghliéri part en voyage, il prévient toujours deux ou trois jours d'avance, donc pas de problème. À demain.

Je le laissai avec une lueur d'espoir dans les yeux et filai vers la grille.

*

Je pris le train pour Melun. Durant le voyage, je me félicitai de ma chance. Deux ou trois ans à gratter chez Moghliéri et je serais à la tête d'un assez coquet paquet de fric. Naturellement, je n'allais pas rester un bail chez l'armateur, mais en faisant tranquillement et sérieusement mon petit boulot pendant deux ou trois années, je pourrais me préparer à viser un but plus élevé. Je serais logé et nourri et, même en menant une vie de patachon pendant mes heures de repos, je pourrais facilement mettre une demi-brique à gauche chaque mois. La gravosse du seizième qui m'avait laissé choir pourrait aller se rhabiller. Dans trois ans, je serais libre. Je chercherais un petit dancing-frites, sur la Côte, et je vivrais tranquillement sans trop me fatiguer les méninges. Après tout, la place n'était pas si mauvaise quant au boulot à faire. Bien sûr, peigner les pelouses et soigner les rosiers devait, à la longue, être un peu casse-bonbons, mais conduire Moghliéri à travers l'Europe, dans une voiture de prince, n'était pas pour me déplaire car j'aimais voyager et taquiner le volant.

Je me pointai à Melun et trouvai ma mère avec pas mal de cheveux blancs. Naturellement, je ne lui racontai pas la façon dont j'avais vécu ces dernières années. Je lui servis un petit roman à l'eau de rose, une fille que je comptais épouser m'avait laissé tomber, etc. Je lui fis part de mes projets. Une place en or, chez Moghliéri... Le soir, j'avais ma brique.

*

Un joli petit million grâce auquel j'allais décrocher une place du tonnerre de Dieu. En me rendant à Neuilly, je cherchai s'il n'existait pas un moyen de m'en sortir d'une façon plus économique, sans avoir à verser le fric au mataf. Je pouvais par exemple contacter le secrétaire en douce, sans en informer le ratisseur de gazon et au besoin en lui cassant du sucre sur le dos. Si je m'y prenais bien, peut-être qu'on le virerait et que je serais engagé à sa place sans avoir à débourser le paquet de fric. Mais si le tatoué remarquait quelque chose, probable qu'il se fâcherait et que l'affaire pourrait tourner en eau de boudin. Je finis par décider — marrant — d'agir loyalement.

J'arrivai devant l'hôtel particulier et sonnai à la grille. Sa Suffisance Ducroissy vint m'ouvrir et me toisa d'un air étonné.

— Oui, c'est encore moi. Je voudrais voir M... euh... le secrétaire de M. Moghliéri.

Il rétorqua d'un ton pète-sec :

— C'est pour la place ? Mais vous êtes déjà passé hier.

Un instant, je crus qu'il allait me claquer la grille au nez et je me préparai à tendre le bras pour l'en empêcher.

— Entrez ! jeta-t-il, maussade et l'œil vachard.

Il me précéda de nouveau à travers le parc. Même petite promenade que la veille. Duvénézuéla était encore là, au milieu de sa pelouse, son râteau dans les mains. On avait l'impression que cette triste pomme était restée là toute la nuit, les pieds collés à l'herbe. L'expression de son visage était nettement moins morose que la veille et il m'adressa un coup d'œil complice. Je lui répondis en jouant de la paupière puis, sortant de son tapis de gazon, il nous emboîta le pas vers la maison. Ducroissy entendit son pas un peu lourd sur le gravier. Il s'arrêta, se retourna sur lui et aboya :

— Eh bien, Le Dantec, où allez-vous comme ça ?

— Je dois parler à M. Rahon.

— Mais enfin, mon ami, vous n'avez rien à dire à M. Rahon pendant vos heures de travail. C'est insensé ! M. Rahon a autre chose à faire !

— Si ça ne vous plaît pas, c'est pareil, lança bravement mon mataf, enhardi à l'idée de pouvoir quitter les lieux sous peu et de n'être plus, du coup, sous la férule du déplaisant Ducroissy.

— En voilà un ton ! jeta le larbin, d'un ton courroucé.

Hypocritement, pour me faire bien voir de celui qui allait probablement être mon chef très bientôt, je glissai dans l'oreille de Ducroissy :

— Il n'est pas très poli, votre jardinier.

— Quelle idée, aussi, d'avoir engagé un individu pareil !

— Vous en faites pas, m'sieur, ça va s'arranger, lui soufflai-je, en clignant peut-être un peu trop familièrement de l'œil.

Le domestique me toisa d'un air un peu surpris.

Nous poursuivîmes notre chemin vers la bâtisse, Ducroissy devant, moi derrière, me retournant de temps à autre en adressant des œillades complices au mataf qui nous suivait et en tapotant de temps en temps l'emplacement de mon portefeuille pour lui faire comprendre que j'avais l'oseille.

Nous entrâmes enfin dans le salon élyséen. Ducroissy me pria d'un petit ton sec d'attendre puis disparut par la même porte que la veille. Le mataf en profita pour s'introduire à son tour dans la galerie de tableaux.

— J'ai l'argent, fis-je.

— J'espère que ça va s'arranger, dit-il.

— Vous avez préparé votre petit laïus ?

— Oui... Je dois me rendre en Bretagne... Mon père vient de mourir et me laisse une affaire de pêche... Je dois partir sur-le-champ... Eh bien ? L'argent...

Il tendait la main.

— Doucement, mon vieux, tant que l'affaire n'est pas faite...

— Eh ! mais dites donc !... S'il vous embauche, rien ne me prouve que vous allez me donner le fric.

— Rassurez-vous, j'ai tout prévu. Et Russet n'a qu'une parole.

En effet, j'avais tout prévu. J'avais coupé ma liasse de billets en deux, dans le sens de la largeur. Je lui tendis une des deux demi-liasses :

— L'autre tout à l'heure, quand je serai engagé.

Il empocha prestement le paquet. Aussitôt, Rahon entra, de son pas feutré, son éternel sourire sympathique aux lèvres :

— Tiens ! Monsieur Russet. Quelle surprise...

Il regarda mon mataf, d'un air un peu surpris, mais sans se départir de son sourire :

— Vous désiriez quelque chose, Le Dantec ?

Mon Le Dantec dodelina de la tête de droite et de gauche puis de haut en bas :

— C'est que, oui... Voilà, m'sieur Rahon... Je suis très embêté, mais faut que je vous quitte.

— Pour quelques jours ?

— Non. Pour tout le temps.

— Diable.

— J'peux pas faire autrement. J'ai reçu un télégramme de Concarneau et...

Il débita sa petite histoire bidon. Père décédé. Affaire de pêcherie à reprendre d'urgence.

— Il est mort subitement. Pensez ! Un homme solide comme lui, on ne s'y attendait pas...

Il se balançait sur ses jambes courtaudes et musclées, comme un ours.

— Rassurez-vous, m'sieur Rahon. J'ai tout prévu. Monsieur — il me désignait — est prêt à me remplacer...

— Si vous êtes d'accord, bien sûr, ajoutai-je.

Rahon me regarda, regarda Le Dantec :

— Eh bien, ma foi...

Il se malaxa un peu le menton, puis lâcha :

— Je n'y vois pas d'inconvénient. M. Russet fera certainement l'affaire. Si vous nous quittez, Le Dantec... Je ne peux pas vous retenir, n'est-ce pas... Puisqu'il s'agit d'une affaire familiale... Quand désirez-vous prendre congé ?

— Le plus tôt possible, m'sieur Rahon.

— Je vais en parler à M. Moghliéri, dit Rahon. Mais il sera d'accord. Vous pouvez commencer à emballer vos affaires, Le Dantec. Nous vous devons trois jours, je vais vous les payer. À tout de suite.

Le Dantec et moi restâmes dans le salon. Mon mataf se frotta les mains avec satisfaction.

— L'argent tout à l'heure, dis-je. Quand je vous verrai votre valise à la main.

Il maugréa un peu puis alla chercher ses affaires. Il revint bientôt, sa valise au bout du bras. Rahon vint nous retrouver aussitôt.

— Le président Moghliéri est d'accord, dit-il. Lui, vous savez, un employé ou un autre...

Il me regarda de la tête aux pieds :

— Au fait... Vous n'êtes pas tout à fait de la même taille que Le Dantec. Ni de la même corpulence.

Le mataf avait dix centimètres de moins que moi et il était plutôt râblé alors que je suis du genre sec.

— Pour la tenue de chauffeur, expliqua le secrétaire en souriant. Le tailleur a les mesures de Le Dantec...

Il décrocha un appareil téléphonique, composa un numéro :

— Allô. Monsieur Tchakédjian ? Oui... Bonjour, monsieur Tchakédjian... Lucien Rahon à l'appareil. J'ai un petit ennui... Notre nouveau chauffeur nous quitte... Déjà, oui... Je vous ai donné ses mesures, avant-hier, et... Vous n'avez pas commencé ? Parfait. Oui... J'ai déjà quelqu'un... Mais la personne est plus grande et plus mince... Bien sûr, ça n'irait pas... Écoutez, je ne vais pas vous déranger... Je prends moi-même les mesures et je vous les communique. D'accord. Vous êtes très gentil. Merci. Vous ne quittez pas.

Le secrétaire posa l'appareil et me pria d'attendre une seconde. Il s'éclipsa et revint très vite armé d'un centimètre de tailleur. Il se mit à me prendre mes mesures comme s'il n'avait fait que cela durant toute sa vie. Tour de poitrine, tour de hanches, cavale, longueur des jambes, etc. Le Dantec, sa valise entre les pieds, regardait la scène d'un air amusé en se roulant une cigarette.

— Voilà, fit Rahon en se redressant. Il reprit le combiné téléphonique et communiqua mes mesures qu'il avait inscrites sur un petit morceau de papier au tailleur arménien.

— Tout est arrangé, dit-il en raccrochant. Vous aurez votre tenue de chauffeur la semaine prochaine.

Il se tourna vers Le Dantec :

— Mon cher Le Dantec... Vous n'êtes resté ici que trois jours, mais je n'ai qu'à me féliciter de vos services...

Il lui tendit un billet, montant de ses gages. Tous deux se serrèrent la main et le mataf resta planté devant moi, l'air un peu indécis. Visiblement, la présence de Rahon le gênait. Celui-ci comprit-il qu'il était de trop, que Le Dantec avait quelque chose de confidentiel à me dire ? Toujours est-il qu'il nous laissa.

Je tendis l'autre moitié des billets à Le Dantec. Il examina le paquet plat puis le fourra dans sa poche.

— Je recollerai les billets avec du scotch, dit-il. Au revoir, vieux. Et merci.

— Merci aussi. On s'est mutuellement rendu service...

— Entre travailleurs, faut s'entraider.

Une poignée de main franche et énergique et Le Dantec prit sa valise et se dirigea vers la porte donnant sur le parc. Il descendit les marches du perron et je le regardai traverser les jardins en direction de l'avenue... Rahon ne tarda pas à revenir. Il me pria de le suivre. Nous grimpâmes un escalier, longeâmes un couloir. Il ouvrit une porte, s'effaça pour me laisser passer.

— Votre chambre, fit-il.

Elle était spacieuse, propre et claire. Le lit était encore défait et des mégots traînaient dans un cendrier.

— Elle sera prête ce soir, dit Rahon en souriant.

— J'irai chercher mes affaires tout à l'heure, si vous le permettez...

— Bien sûr.

Aussitôt, il me fit visiter le garage et j'admirai la superbe Bentley qui y était rangée.

— Vous la conduirez dès la semaine prochaine, dit Rahon. M. Moghliéri doit se rendre à Copenhague... Mais vous pourrez l'essayer avant. Vous ferez le tour du bois...

Nous descendîmes dans un petit bureau où le secrétaire me fit asseoir. Il m'expliqua ce que j'aurais exactement à faire et me rappela que je toucherais sept mille nouveaux francs chaque mois tout en étant nourri, logé et blanchi. Il me présenterait mes collègues dès le lendemain. Aujourd'hui, il était débordé, M. Moghliéri avait besoin de lui. Mes collègues étaient au nombre de trois : un maître d'hôtel-valet de chambre nommé Ducroissy — celui-là, je le connaissais —, une femme de chambre et une cuisinière.

Rahon me demanda si je désirais manger quelque chose. Il allait être midi. Je lui répondis que je préférais aller chercher mes affaires et revenir m'installer tranquillement. Il m'approuva. Je le quittai et me rendis à mon hôtel, aux Gobelins, où je payai ma note et ramassai quelques bricoles que j'entassai dans une petite valise. Je déjeunai en vitesse dans un snack de l'avenue d'Italie puis flânai autour de la place du même nom où j'achetai quelques chemises et du linge de corps dans un Uniprix. À quinze heures je me pointai avenue de Suresnes. Ducroissy me fit entrer et me conduisit dans ma chambre qui était faite. Le larbin me commanda d'un ton déplaisant d'aller « faire » les pelouses du parc. Il me montra la cabane où se trouvaient les râteaux, bêches, etc.

— Ce soir, il faudra arroser, me dit-il d'un ton pète-sec. Je vous expliquerai la routine demain. Ce tantôt, je n'ai pas le temps.

Il tourna les talons et me laissa là. Dans la cabane, il y avait une salopette accrochée à un clou. Je l'enfilai, m'armai d'un râteau et me dirigeai d'un pas peu enthousiaste vers la pelouse vert vif. Là, je me mis à ratisser l'herbe d'un air morne. Seule la perspective de gagner sept mille nouveaux francs par mois m'empêcha de sombrer dans un cafard sans nom. De temps à autre, je regardai la façade de l'hôtel. La maison était parfaitement silencieuse. Vers dix-huit heures, Ducroissy vint me dire que mon dîner serait servi à vingt heures dans ma chambre. Il consentit à m'expliquer que M. Moghliéri ne tenait pas à ce que je prenne mes repas à l'office afin de n'être point mêlé aux autres domestiques. Dans le fond, je préférais cela. Dans ma piaule, je serais tranquille et ne serais pas obligé de raconter ma vie aux collègues.

— La femme de chambre reprendra votre plateau, fit Ducroissy. Vous n'aurez qu'à le poser devant votre porte, dans le couloir, une fois votre repas terminé.

Je me demandai si la femme de chambre était jeune. Je sentais que, dans cette maison, j'aurais grand besoin de distraction.

— Après dîner, fit Ducroissy, votre journée sera terminée. Vous serez libre de vous coucher, de regarder la télévision ou d'aller au cinéma. Si vous sortez, n'oubliez pas de me demander la clef de la porte de l'office. Vous sortirez ?

— Non, fis-je sèchement.

Cette figure de méduse m'exaspérait de plus en plus. Heureusement, il tourna les talons et fila vers la maison. Je repris mon jardinage avec nonchalance. C'était à crever d'ennui. Une consolation en perspective : de temps en temps les promenades en voiture à travers l'Europe viendraient compenser ces moments d'inertie.

Un peu avant vingt heures, j'allai ranger mon râteau dans la remise et retirai ma salopette que j'accrochai au clou. J'allai flâner dans le garage où je regardai encore la Bentley. J'aurais pu l'essayer dès ce soir, aller faire une virée dans le bois tout proche. Je constatai que la clé de contact n'était pas sur le tableau de bord. Il fallait certainement la demander au larbin ou, peut-être, à Rahon. Ça ne me disait rien pour ce soir. Je gagnai ma chambre. Un plateau était posé sur la table. J'y trouvai une assiette de thon froid et de salade niçoise, des œufs durs, un plat de macaroni, du fromage blanc et des fruits en abondance, ainsi qu'une bouteille d'eau minérale et une autre, rouge sombre : du Bourgueil. La soupe avait l'air d'être assez bonne. Je m'installai et me mis à manger. J'avais faim. Mon repas terminé, j'allumai une cigarette et mis en marche le transistor qui se trouvait sur une étagère.

Tout en écoutant la musique, je réfléchis à mon sort. Je calculai que d'ici à un an, je serais à la tête d'environ sept millions. Cela me remonta un peu le moral. Dès le lendemain, j'irais examiner de plus près la Bentley que j'allais être appelé à conduire. Je trouvai des bouquins sur un rayon. Je pris un polar, fermai la radio, portai mon plateau dans le couloir, me déshabillai et me couchai. Je bouquinai jusqu'à vingt-deux heures puis j'éteignis la lumière. Pas un bruit. La maison était silencieuse comme une tombe et l'on entendait à peine le bruit des rares voitures passant sur l'avenue de Suresnes.

*

Le lendemain matin, je me levai vers sept heures et je fus surpris de ne point trouver ni café ni croissants à ma porte. Il est vrai que je n'étais pas au *Claridge*. Je m'habillai puis me mis à la recherche de l'office. La porte en était fermée à clé. Curieux. J'allai dans le garage, admirai encore la Bentley puis, renonçant au café et aux croissants chauds, j'allai faire en vitesse ma toilette. Ensuite je redescendis et allai prendre mon râteau dans la remise, enfilai ma salopette et me rendis bravement sur ma pelouse déserte.

À neuf heures, je râtissais d'un geste morne, le ventre toujours vide, quand j'entendis un bruit. Un bruit tout proche. Un moteur de voiture. Une large allée reliait le garage à un vaste portail donnant sur l'avenue. Je vis le portail s'ouvrir. Je fus assez étonné de constater que le type qui ouvrait le portail à deux battants était en tenue de chauffeur de grande maison, avec casquette et tout, pomponné, bottes briquées. Le chauffeur fit demi-tour et revint au volant d'une Rolls garantie authentique. Un type se prélassait sur la banquette arrière, un journal financier entre les mains, largement ouvert. L'image classique du milliardaire en train de se faire conduire. Le carrosse s'engagea dans l'allée et je le suivis des yeux d'un air absolument ahuri. Le véhicule stoppa au bas des marches du perron. Le chauffeur, très stylé, descendit, ouvrit la portière arrière et retira sa casquette au moment où le nabab posait son pied à terre. Le nabab était un homme de très haute taille, épais, le visage rougeaud et la mine sévère. Tandis que la voiture prenait le chemin du garage, l'homme, son journal financier à la main, m'aperçut et, les sourcils froncés, marcha vers moi.

— Qui êtes-vous ? me demanda-t-il, surpris. Que faites-vous là ?

Étonné, je lui expliquai qui j'étais et ce que je faisais sur sa pelouse. Il eut une sorte de haut-le-corps puis éclata de rire. Je fus plus sidéré encore lorsque j'appris qu'il s'agissait de Moghliéri, qu'il rentrait d'un voyage en Autriche, que son chauffeur s'appelait Leroux et était depuis sept ans à son service, qu'il n'avait jamais eu de secrétaire homme, qu'il n'avait pas besoin d'homme de peine ni de chauffeur — et pour cause —, qu'il n'avait jamais posé d'annonce et que, lors de son départ en voyage, il avait donné un mois de vacances à ses domestiques et laissé sa maison vide.

J'avais tout bonnement eu affaire à des escrocs qui, sachant l'habitation déserte pour un bout de temps, s'y étaient introduits, non pour y commettre quelque cambriolage mais pour y attirer une poire, au moyen d'une annonce bidon, et l'y dépouiller d'un joli million.

Moghliéri crut sans mal à mon histoire et il éclata à nouveau de rire, un rire énorme. La chose l'amusait follement. Il trouvait cela si amusant qu'il ne voulut point porter plainte. À quoi bon ?

— Ces gens-là sont connus, vous savez, me dit-il. Ils ont fait la même chose chez le président Jaffreuil quand il était en Argentine, chez la princesse d'Onctières quand elle visitait la Chine, chez le comte de Breilly, chez mon ami Lanvier-Laurillac... La chose nous paraît si folle, si divertissante que nous nous gardons bien d'embêter la police avec ces histoires... Vous savez, ici, pendant mon absence, je suis sûr que ces malins-là, avant que ce soit votre tour, ont dû « faire » cinq ou six pigeons... Six poires. Je veux dire : essayer. Le sixième — vous — a été le bon. Pour votre malheur, vous disposiez d'un million d'économies. À l'heure qu'il est, je suis persuadé que les drôles se sont installés à Louveciennes, chez le président d'Hauvières... Ce diable de Gaston est parti pour Miami lundi dernier... Pour deux mois... Laissant sa maison vide... Je me garderai bien de chercher à empêcher le déroulement de cette farce désopilante...

Il était plié en deux par le rire.

J'avais gentiment été refait. Comment retrouver le faux Le Dantec, le faux Rahon, le faux Ducroissy ? Lire les journaux, y chercher la nouvelle *annonce* ? Inutile. Ces saligauds-là étaient bien trop drôles, ils amusaient tant nos chers milliardaires que ceux-ci, j'étais prêt à le parier, n'hésiteraient pas à les protéger, à intervenir en leur faveur.

Dans son bureau, pour me consoler, le président Moghliéri — il avait encore les larmes de la gaieté dans les yeux — voulut bien me faire un mot de recommandation pour Norbert Lemerciet, importante personnalité politique, en passe d'être nommé garde des Sceaux et qui cherchait justement un homme de peine, logé et nourri plus quatre cents francs par mois.

Moghliéri éclata encore de rire puis dit :

— Allez-y les yeux fermés, mon cher. Cette fois, ce n'est pas une farce.

Puis, comme Leroux passait dans le couloir, la porte du bureau étant restée ouverte, il lança, jovial :

— Leroux, mon bon, faites donc servir un en-cas à notre ami. Ces bougres-là ne lui ont même pas laissé son petit déjeuner...

Et il partit dans un nouvel éclat de rire.

Coucher de soleil rue Montorgueil

À la fin de l'été, mon copain Saugrières me demanda, lors d'une rencontre dans un café des Champs-Élysées, s'il ne me serait pas possible de me débrouiller pour lui prêter la maison de mon oncle durant un week-end, du vendredi soir au lundi matin. Saugrières et moi fréquentions à peu près les mêmes boîtes et j'avais fait sa connaissance dans un cercle de jeu de Neuilly à l'issue d'une partie de whist où il avait été mon partenaire. Saugrières, qui avait fait de la prison pour vol et détournement de fonds, s'était rangé et exploitait un petit magasin de matériel électrique dans le quartier de la Bastille. Ses affaires ne marchaient pas fort et le peu de fric qu'il gagnait était englouti par les femmes, les chevaux et les cartes. Il habitait un affreux pavillon dans la proche banlieue de Paris, à Maisons-Alfort, et son grand regret était de ne pas avoir de résidence secondaire. Il venait de lever une fille sensationnelle, soi-disant mannequin, et désirait l'épater en lui offrant un week-end dans une demeure cossue du Vexin normand. Naturellement, il raconterait à la môme qu'il en était le proprio. Ça tombait assez bien car mon oncle venait de se rendre en Suisse et il ne rappliquerait pas avant deux semaines. Sa gentilhommière, bâtie au fond d'un parc ombragé, longée par un étang, était tout ce qu'il y avait d'agréable à l'œil, et l'oncle m'en avait laissé les clefs. J'étais d'accord pour que Saugrières passe son week-end dans la maison avec la fille, et j'ajouterai que cela m'arrangerait fichtrement bien.

J'étais l'unique neveu de mon oncle qui était célibataire et il me donnait du fric au compte-gouttes. J'allais enfin pouvoir m'adjuger sans risques le merveilleux collier de diamants qui se trouvait dans le coffre-fort de la gentilhommière. Le collier était pratiquement le seul objet de grande valeur du coffre. Le reste du contenu : bijoux en toc, babioles, etc., était absolument sans intérêt. Mon oncle, malgré la psychose des tunnels, mettait tout en banque. S'il gardait le collier chez lui, c'était pour l'avoir sous la main et pouvoir le passer au cou de ses petites amies, quand il les invitait dans sa maison, afin de les aguicher et en ayant soin de reprendre son bien au moment du départ de la dame. Mon oncle était comme ça. Pour rien au monde il ne se serait séparé du collier qui, de plus, valait un fric fou.

Le collier allait devenir ma propriété, Saugrières me servir de pigeon et tout marcherait comme sur des roulettes si je ne commettais pas d'impair.

Le collier atteignait haut la main la valeur de cinq cents millions anciens et je connaissais à Marseille un lapidaire qui me faciliterait l'écoulement des diamants retaillés. Il me fallait une bonne pomme qui porterait le chapeau et serait tout de suite soupçonnée. Je l'avais. C'était Saugrières. En outre, pour mener mon plan à bien, la nécessité de complices s'imposait. Je pensai immédiatement à Maurice Liard, un jeune braqueur avec qui je m'étais lié d'amitié dans un manège de Fontainebleau et auquel j'avais rendu quelques menus services, et au fils de Saugrières lui-même, Patrick, un garçon de dix-huit ans dont j'avais fait mon ami et qui était actuellement plongeur dans un grand hôtel-restaurant de Dijon.

Le collier était gentiment assuré, mais de cela je me foutais éperdument car, le vol accompli, ce serait mon oncle qui toucherait l'indemnité. Ce qui m'intéressait, c'était le collier et les cinq cents millions de centimes qu'il rapporterait. J'avais fait mon petit calcul pour la répartition des parts : cinquante millions au lapidaire, trente au revendeur, dix à Maurice Liard, dix au fils Saugrières. Resteraient quatre cents briques pour ma pomme, ce qui ne serait pas si mal pour une opération pratiquement sans risques.

Je répondis à Saugrières que ça pourrait s'arranger mais qu'il me fallait le temps de réfléchir à la question. Je ne demandais pas mieux que lui prêter la baraque du vieux mais, avant de lui passer les clefs, je voulais être sûr que mon oncle ne rentrerait pas inopinément, plus tôt que prévu. On était lundi et je lui promis une réponse pour jeudi.

Je montai dans ma Golf (mon oncle était trop radin et je devais me contenter de cette voiture pour le moment) et filai à Gisors, où se trouve la belle maison du vieux. J'entrai, allai immédiatement dans le salon et décrochai le Vlakakis, peinture abstraite qui trônait au-dessus de la cheminée et dont mon oncle était si fier. Michel Vlakakis est un jeune peintre grec qui vit à Paris depuis 1970. Il a un brin de talent, sans plus, et ses toiles n'ont jamais été particulièrement cotées. On en trouve à droite et à gauche et on ne peut pas dire que les amateurs se les arrachent. Une nuit qu'il était en foire à Saint-Germain-des-Prés, mon oncle eut l'occasion de s'entretenir avec le jeune rapin dans une de ces boîtes qui pullulent dans le coin. Comme ils étaient à moitié saouls, ils ne tardèrent pas à se taper dans le dos, à se tutoyer et Vlakakis invita mon oncle à visiter son atelier qui se trouvait quai des Grands-Augustins. Mon oncle envoya poliment balader la fille qui l'accompagnait cette nuit-là et s'en alla bras dessus bras dessous avec l'artiste. Dans l'atelier, mon oncle s'extasia stupidement devant une toile abstraite récemment terminée et intitulée *Coucher de soleil rue Montorgueil.* Moi, je veux bien. La peinture abstraite ne m'intéresse pas et je n'y ai jamais rien compris. Ce qui arriva c'est que le peintre tendit la toile à mon oncle en lui disant : « Prends-la. Je te la donne. » Mon oncle ne se fit pas prier et s'en alla, tout fier, le coucher de soleil sous le bras.

*

J'enveloppai le tableau dans un journal et, avant de quitter les lieux, jetai un coup d'œil plein d'espérance sur le coffre-fort, dont je ne connaissais pas le chiffre, et que seul mon ami Maurice Liard saurait ouvrir.

Je mis le Vlakakis dans le coffre de la Golf et filai à Pantin chercher Liard dont la raison sociale était : marchand de voitures d'occasion. Je lui expliquai en deux mots que j'avais pour lui une petite affaire de dix briques, l'entraînai dans la voiture et pris la direction de Dijon. Pour ne pas risquer d'attirer l'attention, nous allâmes dîner dans un autre restaurant que celui où le fils Saugrières était employé, et vers minuit, nous nous parachutâmes chez le jeune homme où je lui annonçai que j'avais un coup à lui proposer. Tout ça, c'est jeunes canailles et compagnie, et il suffit de leur parler de gros fric pour que leurs yeux avides se mettent à briller. Ces malheureux jeunes n'ont pas d'autre idéal, et moi je dis bien haut que c'est triste à pleurer. Je précisai tout de suite à Patrick Saugrières que son père allait servir de pigeon dans l'opération et cette perspective fit jubiler notre jeune idéaliste : il détestait son géniteur et si, dès l'âge de seize ans, il avait mis plusieurs centaines de kilomètres entre eux deux, ce n'était pas par amour filial.

J'expliquai en long et en large à mes deux amis de quoi il retournait. Maurice Liard profiterait de la présence de Saugrières et de sa nana dans la maison de mon oncle pour s'y introduire, ouvrir le coffre-fort et s'emparer du divin collier. Patrick Saugrières, lui, devrait se rendre à Maisons-Alfort et déposer chez son père, en ayant soin de ne pas se faire voir, un paquet contenant le Vlakakis pris chez mon oncle. Inutile de préciser que la livraison du tableau par les soins des P.T.T. ou de la S.N.C.F. ne nous convenait pas. Un peu plus tard, Patrick téléphonerait à son père, de Dijon, en lui racontant que, ayant trouvé une belle situation, gagnant un peu d'argent, il avait acheté cette toile pour lui en faire cadeau. Au téléphone, il se montrerait bon fils, pas rancunier pour deux sous, ayant pardonné à son coureur de jupons et voleur de père. Saugrières père était amateur de peinture abstraite et, ce qui arrangeait bien les choses, ne détestait pas celle de Vlakakis. Bien entendu, il ignorait absolument que mon oncle était propriétaire du *Coucher de soleil.* Patrick raconterait à son vieux qu'il avait acheté le tableau à Dijon, dans une galerie de peinture.

Le cambriolage, perpétré pendant que Saugrières s'efforcerait d'oublier ses soucis en compagnie de son mannequin au premier étage de la maison, ne serait probablement découvert que dans la matinée du samedi. Saugrières arriverait à Gisors vendredi soir, vers vingt heures et, après un dîner aux chandelles expédié, ne tarderait pas à se mettre au lit. Liard ferait son petit boulot vers minuit. Samedi matin, Saugrières découvrirait le casse. Il s'affolerait, préviendrait la police, m'appellerait chez moi, à Saint-Cloud. Immédiatement, je me pointerais à Gisors et ne tarderais pas à lui chercher des poux dans la tête en lui faisant part de mes soupçons à son encontre. Auparavant, je me serais assuré d'un bon alibi pour la nuit. Et, si mes calculs étaient bons, les flics ne manqueraient pas d'aller fouiller le pavillon de Saugrières où ils trouveraient le Vlakakis également disparu de la maison de campagne. Saugrières raconterait aux poulets l'histoire du cadeau fait par son fils Patrick et, par là, aggraverait son cas.

— Les flics voudront avoir la preuve que son fils lui a bien offert cette toile. Saugrières ne pourra fournir aucune preuve. Bien entendu, Patrick niera avoir offert ce tableau. Nous sommes aujourd'hui lundi. Cette nuit même, Patrick, je t'emmène à Maisons-Alfort. Tu mets le paquet contenant le Vlakakis devant la porte de ton père et on revient ici dare-dare. Tu téléphones à ton vieux et tu reprends ton boulot normalement. Je ne pense pas qu'une nuit blanche puisse t'effrayer et demain, tu t'arrangeras pour ne pas trop bâiller devant ta vaisselle sale. Si tu as des craintes, tu te tapes un maxiton. Quant au cambriolage, comme je l'ai dit, il aura lieu dans la nuit de vendredi à samedi. Pour cette nuit-là, Patrick, tu t'arranges pour avoir un alibi. Tu ne quittes pas Dijon.

— Je me débrouillerai, sois sans crainte.

— Parfait. De cette façon, si les flics croient que tu as vraiment offert le tableau à ton père, il leur faudra admettre que tu l'as volé chez mon oncle. Or, il n'y aura eu qu'un cambriolage : dans la nuit de vendredi à samedi. Je ne vois guère un type se risquer dans la maison pour y faucher... un Vlakakis ! J'accuserai Saugrières, l'ancien repris de justice très connu des services de police, d'avoir dérobé — ou fait dérober par un complice — le collier en profitant de son séjour dans la baraque. Le témoignage en sa faveur de la souris ne tiendra évidemment pas. Et j'accuserai Saugrières, l'amateur de peinture abstraite, d'avoir par la même occasion fait main basse sur le Vlakakis. Bien sûr, on ne retrouvera chez lui que le *Coucher de soleil...* Qu'aura-t-il fait du collier ? Ce sera à lui de s'en expliquer avec les flics. Naturellement, cambrioleur, Marcel Saugrières a parfaitement eu le temps, dans la nuit de vendredi à samedi, de faire l'aller et retour Gisors-Maisons-Alfort. Deux cents kilomètres à tout casser. Autre version : un complice à lui s'est chargé de porter le butin à Maisons-Alfort. Il n'est pas choucard mon petit plan de crapule ?

Comme Maurice Liard émettait quelques réserves quant à la bonne réalisation de mon plan, je le persuadai que tout irait très bien. Détail qui ne gâte rien : la jolie maison de campagne de mon tonton est isolée. Pas de voisins, toujours trop curieux.

— Qui ne risque rien, les gars... Faites-moi confiance. Si ça tourne mal, je prends tout sous mon bonnet. Mais ça marchera. Ou vous foncez dans la combine ou vous dites non et je retourne à Gisors raccrocher le tableau. Il y a dix briques à gagner pour chacun d'entre vous.

Maurice Liard et Patrick Saugrières firent savoir qu'ils marchaient. Pour Liard, ce ne serait pas un travail difficile. Grâce à mes minutieuses indications, il connaissait maintenant par cœur et les moindres structures du coffre-fort et la maison dans ses plus petits détails. Il opérerait vite et bien, sans laisser de traces compromettantes, selon sa manière habituelle. Là-dessus, je lui faisais entièrement confiance. Ce n'était pas un débutant ni une tête en l'air et le fait qu'il se contente de dix millions pour pratiquer l'opération démontrait bien que lui-même considérait le casse comme un simple jeu. Naturellement, il importait que le cambriolage fût un véritable cambriolage. Pas question de lui remettre un double des clefs. Une parodie eût tôt fait d'éveiller la méfiance des inspecteurs de la compagnie d'assurances, qui n'étaient pas tombés de la dernière averse...

Une fois le collier en notre possession, j'irais à Marseille voir le lapidaire et, après une attente raisonnable, je ferais écouler les pierreries. Si tout se passait bien — et tout se passerait bien, j'étais confiant —, nous palperions le fric aux alentours du jour de l'an. Pour rassurer tout à fait mes amis, je leur expliquai que, tout en étant ce que l'on appelle communément et vulgairement un loulou des beaux quartiers — anciennement : blouson doré —, j'étais, en apparence, un petit jeune homme comme il faut, pilier de discothèques à la mode, honorable musicien de jazz à ses heures, ne se droguant pas, spéléologue admirateur de Michel Siffre et, ce qui ne noircissait pas la photo de famille, orphelin, père officier tué en Indochine et neveu d'un ponte de la Banque populaire parisienne. Ces certificats d'honorabilité apaiseraient les flics et, en regard, les « références » de l'ex-détenu Saugrières paraîtraient bien ridicules.

*

Sur le coup de deux heures du matin, nous nous mîmes en route et, vers sept heures, nous étions à Maisons-Alfort. Le pavillon de Saugrières se trouve isolé au milieu d'un lotissement et il n'y a pas âme qui vive à deux cents mètres à la ronde. J'arrêtai la voiture à une centaine de mètres de la baraque. Patrick en descendit, le paquet contenant le tableau sous le bras. Les persiennes de la maisonnette étaient fermées. À cette heure-là, Saugrières roupillait encore et je savais qu'il ne se levait jamais avant neuf heures pour se rendre à son magasin vers les onze heures. Patrick s'approcha du pavillon, poussa la barrière du jardin et, à pas de loup, se rendit jusqu'à la porte devant laquelle il déposa le paquet. Il regagna la voiture et je démarrai. L'opération n'avait pas duré cinq minutes et, à cette heure, au milieu de ce terrain vague, nul n'avait pu prêter attention à cette livraison clandestine.

Patrick travaillait à l'hôtel-restaurant de quatorze heures à minuit et, en bourrant, nous serions à Dijon à temps. Liard nous quitta et je lui fixai rendez-vous pour le lendemain afin de lui donner les ultimes instructions relatives au cambriolage.

Alors que nous roulions vers la Bourgogne, sur une autoroute parfaitement libre, Patrick me demanda pourquoi je n'avais pas déposé moi-même le tableau chez son père.

— Je préférais que tu le fasses toi-même. Ne crois-tu pas qu'un simple coup de téléphone payé dix briques serait un cadeau un peu excessif ? En portant toi-même la toile, tu prenais... admettons... quelques risques. Mais l'opération s'est très bien passée. Tout d'abord, j'envisageais de te laisser te débrouiller seul, de t'inviter à te rendre à Maisons-Alfort par tes propres moyens, mais, tout compte fait, puisque la voiture était là...

Nous arrivâmes à Avallon. Je stoppai près de la poste et accompagnai Patrick dans une cabine téléphonique. Il n'était pas loin de midi et le jeune homme avait juste le temps de donner son coup de fil. En fonçant, nous serions à Dijon à quatorze heures et Patrick pourrait être à l'heure à son travail. Pour donner le coup de bigof, j'avais choisi Avallon plutôt que Dijon afin de ne pas apporter une piste aux flics, mais ce calcul se montrait tout compte fait inutile car j'empêchai Patrick de recourir à la standardiste. La police ne pourrait donc jamais établir qu'on avait appelé Saugrières de la poste d'Avallon, la dame du téléphone ne pourrait leur fournir aucun renseignement à ce sujet. On aurait aussi bien pu appeler d'un bistrot, mais la plupart du temps, dans ces cas-là, l'appareil se trouve à la caisse et il arrive que le patron ou la patronne tende l'oreille. Ici, pas de trace. Patrick fit son numéro comme un grand : celui du magasin, à la Bastille, car Saugrières n'était plus chez lui à cette heure.

Je pris l'écouteur.

— Allô ! Le 272-02-25, à Paris ? Électricité-Service ? C'est toi, papa ?

— Marcel Saugrières, j'écoute.

— C'est Patrick...

— Patrick ? Par exemple...

Saugrières semblait vraiment étonné.

— Tu m'appelles d'où ?

Je fis « Di-jon » avec mes lèvres.

— De Dijon.

— Que se passe-t-il ?

— Tu as trouvé mon petit cadeau ?

— Ton petit cadeau ? Quel cadeau ?

Il y eut un silence. Patrick restait bouche bée. Je commençai à regretter de l'avoir laissé déposer la toile devant la porte du pavillon. Et si quelqu'un l'avait volée ?

— Ah ! le tableau... c'est donc toi...

— Oui. J'ai acheté cette toile ici, à Dijon... J'ai pensé que ça te ferait plaisir... Je n'ai pas oublié que tu aimes la peinture abstraite et je t'avais entendu parler de ce... comment déjà ?

— Vlakakis. Michel Vlakakis.

— C'est ça. Vlakakis... J'ai pensé à toi et...

— Mais dis donc ! Ça a dû te coûter cher ! Ce n'est pas du Bernard Buffet, mais tout de même !...

— J'ai payé ça...

Comme Patrick hésitait, je lui fis signe en tendant à deux reprises la main ouverte, les doigts tendus.

— Dix... dix mille balles... Un million, hé oui !

Dieu merci, il avait compris. Je n'avais pas songé à ce détail, avant le coup de téléphone. Patrick ne s'en tirait pas trop mal. Il raconta à son père qu'un ami l'avait pris comme associé dans une affaire d'immobilier et qu'il commençait à se défendre assez bien. S'étant rendu à Beauvais pour y traiter une transaction, il s'était arrêté quelques instants à Maisons-Alfort, au retour, pour y déposer le tableau et, à cause de l'heure matinale, n'avait pas osé déranger son père certainement encore au lit.

— Tu aurais tout de même pu sonner... C'est vraiment bête de ta part, mon petit gars. Je n'en aurais pas fait une maladie ! Je n'aime pas être dérangé quand je roupille, mais pas à ce point ! Je suis content pour toi que tu gagnes un peu d'argent...

Je jurai qu'il y avait comme une pointe de rancœur, de jalousie, dans la voix de Saugrières père.

— Pour mettre dix mille francs dans un tableau, il faut tout de même que tu en gagnes, fiston...

Le père et le fils échangèrent quelques banalités. Saugrières fit promettre à Patrick de passer le voir un de ces jours, mais, à coup sûr, le cœur n'y était pas et l'ancien taulard semblait avoir encore une dent contre son rejeton. Connaissant bien Saugrières, j'étais persuadé qu'il s'imaginait que son fils, en lui offrant cette toile, avait voulu uniquement lui en mettre plein la vue. Mais cette question importait peu. L'essentiel était qu'il raconte aux flics que le Vlakakis lui avait été donné par Patrick.

*

Le jeudi, comme convenu, je téléphonai à Saugrières, vers midi, et lui annonçai que, mon oncle ne rentrant qu'à la fin de la semaine prochaine, je lui prêtais volontiers la maison de Gisors pour le week-end. Je lui dis que je lui passerais les clefs demain vendredi après-midi à son magasin et m'assurai qu'il n'y aurait que la fille pour lui tenir compagnie.

— Te fais pas de bile, Jean-Marc... Il n'y aura

qu'elle. Je vais pas organiser une boum ! Je ne tiens pas à casser la vaisselle de ton oncle ni à lui esquinter son mobilier... Je l'estime beaucoup, ton oncle, tu sais... J'espère que son séjour en Suisse se passe bien ?

Rassuré quand il m'eut dit qu'il se rendrait là-bas le vendredi soir vers vingt heures, je lui recommandai la chambre opaline et ses miroirs vénitiens, avec vue sur l'étang. L'entrée principale de la maison, par laquelle pénétrerait Liard — en découpant un carreau —, donnait sur le parc, sur la façade opposée. Si Saugrières se mettait à la fenêtre, il ne verrait que l'eau et les nénuphars et les seuls bruits qu'il pourrait entendre seraient provoqués par les grenouilles. Mais j'étais tranquille. Une fois au plumard avec la fille qui lui tiendrait compagnie, Saugrières n'en bougerait pas même si un escadron de C.R.S. devait l'en déloger.

*

Je mis la dernière main à ma petite machination en compagnie de Liard. Nous passâmes en revue tous les détails de l'opération. Vendredi à minuit, Liard aurait son alibi. Des amis à lui, dévoués, le « recevraient », cette nuit-là, dans leur villa de Chantilly. Quant à moi, je me trouverais chez moi, pour une petite fiesta, au milieu de plusieurs convives.

Liard se rendrait à Gisors vers vingt-deux heures et surveillerait les fenêtres de la baraque pour s'assurer de la présence de Saugrières. Il eût été catastrophique de perpétrer le cambriolage dans une maison inoccupée — il nous fallait un suspect idéal ; je ne tenais pas à porter le chapeau. Cette précaution était nécessaire car, pour une raison quelconque — mais bien improbable —, Saugrières pouvait nous faire faux bond au dernier moment.

Le fameux vendredi arriva. J'avais convié quelques amis à une petite soirée chez moi, dans mon appartement de Saint-Cloud (un cadeau de mon oncle... tout de même !). Les libations se prolongèrent jusqu'à deux heures du matin puis, avec les deux couples qui restaient, je me rendis dans une boîte de Montparnasse pour y attendre l'aube. Mes amis me raccompagnèrent chez moi en voiture et, sur le coup de huit heures, alors que nous buvions un café bien fort, le téléphone sonna. Mon cœur bondit dans ma poitrine. Je décrochai. C'était Saugrières. Affolé comme prévu. Voix méconnaissable. En deux minutes, je sus que l'affaire avait réussi. Saugrières s'était levé un peu avant huit heures et, se rendant à la cuisine, au rez-de-chaussée, pour y préparer du thé, il avait constaté qu'on avait pénétré par effraction dans la maison durant la nuit. Une vitre d'une porte-fenêtre du salon avait été découpée. Des meubles avaient été fouillés et des papiers gisaient épars sur le sol. La porte du coffre-fort était ouverte. Saugrières ignorait ce qu'on avait volé. Des bijoux — du toc — se trouvaient encore à l'intérieur du Fichet et il n'avait pas osé toucher à quoi que ce fût. Il avait alerté la gendarmerie avant de me téléphoner.

J'annonçai à mes amis qu'un cambriolage avait eu lieu dans la maison de mon oncle alors qu'une de mes relations, à qui j'avais prêté les clefs pour le week-end, se trouvait à l'intérieur.

Je filai à Gisors.

La voiture de la gendarmerie stationnait dans le parc, ainsi qu'une 504 ivoire. Un certain remue-ménage régnait dans le salon. Des gendarmes prenaient des mesures et traçaient des repères à la craie. Je saluai le capitaine Aubriand, que je connaissais fort bien. Un petit type maigre en civil se présenta :

— Inspecteur Ledrieu, brigade des Andelys de la police judiciaire.

Je constatai les « dégâts ». Fenêtre ouverte grâce à la vitre brisée, persienne fracturée. Coffre-fort béant, garnitures des serrures brûlées et fondues.

Saugrières était planté au milieu de la pièce, en robe de chambre lie-de-vin, échevelé, pâle comme un linge, son week-end foutu. La fille, écroulée dans un fauteuil, se rongeait stupidement les ongles. Je trouvai le mannequin un peu défraîchi. Elle venait d'apprendre coup sur coup qu'un cambriolage avait eu lieu au cours de la nuit et que la maison n'appartenait pas à son jules. Ils n'avaient rien entendu. Ils dormaient...

Le flic semblait sceptique. Je constatai sans plus attendre la disparition du collier de diamants et — oh, juste une seconde, sans insister — jetai un regard froid vers Saugrières.

— Un collier de diamants ? fit le flic.

— Mon oncle prétend qu'il atteint la valeur de plus de quatre cent cinquante millions anciens, déclarai-je à l'inspecteur.

— Pourriez-vous me faire la description de ce collier et me donner tous les détails s'y rapportant ? me demanda l'inspecteur.

Je pris une feuille de papier, mon stylo et dessinai tant bien que mal le bijou en expliquant qu'il était composé de seize petits diamants, que mon oncle l'avait acheté chez Baumgeerhardt, joaillier place Vendôme, quatre années plus tôt et qu'il était assuré par la compagnie *La Sécurité*, rue de Moscou. Je déclarai en outre que mon oncle enfermait toutes ses pièces de valeur dans un coffre de sa banque de la rue de Turenne et que le collier de diamants était le seul objet de prix qu'il consentît à laisser dans le coffre-fort de sa maison. J'expliquai en deux mots au policier que mon oncle avait une petite manie : ses conquêtes féminines à qui il daignait prêter le collier, pour un soir — mais jamais l'objet ne sortait de la maison —, collier qu'il s'empressait de remettre dans sa cachette au moment du départ de la dame...

— En somme, fit l'inspecteur, tout le monde savait que ce coffre renfermait le collier...

— Tout le monde, oui. Enfin, mon oncle, ses amis, moi-même et...

J'hésitai, laissai à dessein ma phrase en suspens et considérai Saugrières avec insistance. Il prit les devants :

— Mon cher, j'ignorais absolument qu'un tel collier se trouvait ici et...

— Erreur, mon vieux, répliquai-je sèchement. Je t'en ai parlé à maintes reprises. Tu trouvais même que mon oncle se montrait bien imprudent...

— Tu dois confondre avec quelqu'un d'autre. Tu ne m'as jamais fait de telles confidences...

J'insistai malhonnêtement et une légère altercation m'opposa à lui.

L'inspecteur nous pria de recouvrer notre calme, et tandis qu'il demandait à Saugrières de lui montrer ses papiers, je poussai une petite exclamation de surprise en regardant la place vide, sur le mur, au-dessus de la cheminée.

— Par exemple ! Le tableau a également disparu !

— Quel tableau ? demanda l'inspecteur en regardant dans la même direction que moi.

— Une toile qui se trouvait là... Une peinture abstraite appelée *Coucher de soleil rue Montorgueil*... d'un nommé Vlakakis.

— Vous en êtes sûr ?

— Absolument, inspecteur ! Avant de remettre les clefs de cette maison à M. Saugrières, je suis venu y faire un tour, hier matin... Histoire de voir si tout était en ordre... La toile était encore là, à sa place. Je l'ai même regardée trois bonnes minutes en me demandant pour la cinquantième fois peut-être ce que mon oncle pouvait bien trouver de génial dans ce tableau !

— Il est coté, ce... comment déjà ?

— Vlakakis. Pas tellement. Mettons que cette toile valait, au bas mot, dans les deux cent mille francs anciens... Mais notre voleur est peut-être amateur de peinture abstraite...

Saugrières s'avança, la main levée. Il allait débiter sa petite histoire. Il le fit :

— Je crois pouvoir vous dire ce qu'il est advenu de cette toile...

L'inspecteur, du coup, le considéra avec ahurissement. J'en fis autant, très hypocritement.

— Le titre de la toile, poursuivit Saugrières, est inscrit au verso... Et, bien qu'il s'agisse de peinture abstraite, on reconnaît parfaitement — si l'on est un peu connaisseur — un coucher de soleil sur une rue populeuse de Paris... La toile est bien signée Vlakakis. J'ignorais qu'elle était la propriété de M. Léraudy...

— Comment cela, « vous ignoriez » ? questionna le policier.

— Eh oui ! Cette toile m'a été offerte par mon fils, pas plus tard que cette semaine. Mardi matin, je l'ai trouvée, empaquetée, devant la porte de mon pavillon... Et c'est forcément la même. Pour Vlakakis, je ne pense pas qu'on en soit aux copies... Un peu plus tard, mon fils me téléphona de Dijon en m'expliquant...

Saugrières débita sa petite histoire. Il était attendrissant de naïveté et de bonne foi.

— Je regrette, dis-je, mais cette toile était encore ici hier vendredi vers onze heures du matin. Je ne vois donc pas comment elle a pu se trouver devant ta porte mardi matin... Elle a été volée cette nuit, ici, avec le collier.

Une chose — à laquelle j'avais pensé avant d'agir — était sûre : Saugrières vivait comme un ours. Il ne recevait jamais de visiteurs chez lui. La toile n'était donc pas sortie du pavillon et il ne l'avait montrée à personne. Zéro pour d'éventuels témoins.

L'inspecteur étudiait soupçonneusement le visage de Saugrières. Je fus très vite rassuré :

— Vous l'avez montrée à quelqu'un, cette toile ? demanda le flic.

— À personne, non, répondit Saugrières. Je l'ai mise sur mon buffet, dans ma salle à manger... Pourquoi voudriez-vous que je l'aie montrée à quelqu'un ? J'espère tout de même que vous ne mettez pas ma parole en doute...

— Ce tableau était encore ici hier matin, insistai-je. Accroché ici, au-dessus de la cheminée. Alors mardi matin, hein...

— Pouvez-vous me prouver vos assertions, monsieur Saugrières ? demanda le poulet.

— En ouvrant ma porte, mardi matin, j'ai trouvé le paquet contenant la toile... Au début de l'après-midi, mon fils me téléphona de Dijon... Aux environs de midi, pour être précis... Je n'ai pas d'autres preuves. Le paquet a été déposé à domicile... Interrogez mon fils, il vous confirmera mes dires. Lui, cette toile, il m'a dit qu'il l'avait achetée... Vous dire ce qu'il a fait exactement...

Il avait esquissé un geste vague, l'air inquiet, pensant sans doute que son rejeton avait fait une bêtise...

— Personnellement, fis-je, je ne crois pas à tes explications, mon vieux. La toile était ici hier et je ne vois pas comment ton fils a pu te l'offrir mardi ! Cette histoire de coup de téléphone est du pur bidon ! Saugrières, tu te moques du monde ! Tu as simplement profité de ta présence dans cette maison pour y faire un sale coup ! Je ne pensais pas qu'en rendant service à un ami, on puisse s'exposer de la sorte à...

— Ça suffit ! coupa l'inspecteur. Monsieur Saugrières, je vais vous prier de demeurer ici, à ma disposition, en attendant que mes hommes aient effectué une perquisition à votre domicile. Ce ne sera pas long... Vous avez fort bien pu commettre vous-même le cambriolage — en simulant une effraction de l'extérieur —, vous rendre chez vous pour y mettre le collier et le tableau en lieu sûr et revenir ici...

— C'est insensé ! Mlle Hervier est là pour témoigner que je n'ai pas quitté le premier étage de la nuit !

L'inspecteur posa quelques questions au mannequin qui confirma les dires de son amant. Bien entendu, le policier ne la crut pas. Un flic entra dans la pièce et entraîna à l'écart l'inspecteur pour lui souffler quelques mots à l'oreille. En même temps, les types de l'Identité judiciaire se répandaient dans le salon, portant leur petit matériel à relever les empreintes digitales... L'inspecteur revint vers nous :

— Mademoiselle Hervier, vous avez fait deux ans de maison d'éducation surveillée pour vol dans un supermarché, n'est-ce pas ?

La fille fondit en larmes.

— ... il n'est donc pas question de considérer votre témoignage comme valable.

La chance était pour moi. Saugrières était cuit.

— Quant à vous, Saugrières, inutile de vous rappeler que vous avez un casier judiciaire assez déplorable... Cinq ans à Poissy...

— Interrogez mon fils ! lança Saugrières, hors de lui.

— Je m'en occupe, rassurez-vous. Un coup de fil à l'hôtel de police de Dijon et ce sera chose faite. Avant une petite heure, nous serons fixés.

J'étais tranquille. Lorsque les flics de Dijon viendraient questionner Patrick, celui-ci tomberait des nues et nierait avoir offert un tableau à son père, de même qu'il nierait lui avoir téléphoné. Et comment aurait-il pu acheter une toile de deux cent mille francs alors qu'il était toujours plongeur dans un restaurant, à gagner moins de cent vingt mille francs par mois ? Et puis, n'était-il pas fâché avec son père ? Pourquoi lui faire un tel cadeau ?

*

Deux heures passèrent. Saugrières et le mannequin restèrent à se morfondre dans leurs fauteuils, tandis que je tournais en rond en fumant cigarette sur cigarette et que l'inspecteur surveillait les gens de l'Identité. Ceux-ci s'en allèrent en promettant leurs résultats pour le début de l'après-midi.

Un inspecteur vint chercher son patron, lequel revint presque aussitôt vers nous :

— Je suis désolé pour vous, Saugrières, mais votre fils nie tout en bloc. Il ne comprend pas. Il n'a pas quitté Dijon depuis trois mois. Il n'a pas acheté, ni volé de tableau. Il ne vous a pas téléphoné. Il vous ignore totalement et n'a pas l'intention de renouer avec vous. Il a trouvé absolument aberrante cette histoire de cadeau...

— Alors, quelqu'un a imité sa voix et a déposé chez moi ce tableau ! C'est un coup monté !

Et Saugrières me jeta un sale regard.

— Mes hommes ont fouillé votre pavillon de la cave au grenier, dit le flic. Pas de collier, pas de diamants, évidemment. Mais pas de tableau non plus.

J'eus un léger sursaut de surprise. Mon plan allait-il s'écrouler ? Pourquoi Saugrières avait-il dissimulé le Vlakakis ?

— Il va falloir parler, Saugrières... Nous dire ce que vous avez fait de ce collier...

— Je n'ai pas volé ce maudit collier ! lança Saugrières en bondissant de son fauteuil.

— ... et nous dire aussi où est passé le tableau, ajouta le flic.

— Puisque je vous dis que j'ai trouvé cette toile devant ma porte, mardi matin. Je me tue à vous le répéter !

— Ça, vous ne variez pas... Méthode usée, Saugrières. Ce tableau était ici hier, vous le savez bien. M. Jean-Marc Léraudy est formel.

— Il ment ! Et en voici la preuve !

Un coup de sang me traversa le cœur. Je regardai en direction de la porte. Le facteur entra. Il avait un paquet sous le bras. Un paquet plat, mesurant environ quarante centimètres sur trente.

— Un colis pour M. Léraudy, annonça le facteur.

Il posa le paquet sur une table, sortit son carnet :

— C'est en recommandé... Tenez, monsieur Jean-Marc... si vous voulez bien signer ici... Je sais bien que c'est pas très réglementaire, mais comme M. votre oncle est absent...

Machinalement, je signai. Abasourdi, je pris connaissance du libellé du paquet : *Destinataire : Monsieur Germain Léraudy. Le Logis-de-l'Étang. 27 — Moncoudray par Gisors. Expédi-*

teur : Marcel Saugrières. I, place du Vieux-Lotissement. 94 — Maisons-Alfort. Le cachet de la poste indiquait : *Jeudi 30 septembre. Seize heures.* Bureau des P.T.T. de Maisons-Alfort.

Ayant lu le nom de l'expéditeur, l'inspecteur défit le paquet et en sortit le *Coucher de soleil.* Je restai là, absolument ahuri. Le facteur n'osait pas s'en aller. Sans doute s'étonnait-il que je ne lui offre pas l'habituel petit verre de sancerre... Saugrières jubilait en se frottant les mains, détendu. Le mannequin semblait intéressé et avait cessé de se ronger les ongles...

Les regards convergèrent vers moi. On eût dit que la fille allait me bouffer.

Saugrières expliqua avec complaisance :

— Voici la preuve que le tableau n'était pas ici hier... comme l'a *affirmé* M. Jean-Marc Léraudy... Il était en ma possession. Plus précisément : aux mains des P.T.T. J'ai vraiment cru que mon fils me l'avait offert. Mais je ne pus me résoudre à accepter un cadeau de ce petit crétin... Ma fierté m'empêchait d'accepter ce cadeau. Je pensai immédiatement à l'oncle de Jean-Marc, grand amateur de peinture abstraite... Et, ma foi, comme j'estime cet homme et puisque j'allais profiter de sa maison, je décidai de lui faire ce cadeau... Par bonheur, je ne l'ai pas amené ici sous mon bras. Je craignais de trimbaler ce tableau dans ma voiture... même empaqueté... On ne sait jamais... Surtout qu'il était possible que je ne vienne pas ici directement... La grand-mère de Mlle Hervier, qui habite Chartres, était souffrante... Nous pensions faire un crochet pour aller la voir... Je serais resté là-bas sans doute une bonne partie de la journée du samedi... Alors, cette toile dans ma voiture, n'est-ce pas... Mais si j'avais apporté moi-même ce tableau, que serait-il arrivé ? J'aurais posé le paquet dans un coin, dès mon entrée dans cette maison... Et on m'aurait accusé de vouloir sortir un paquet que je n'avais fait qu'apporter ! Dieu soit loué, j'ai eu recours — après une légère hésitation — à l'administration postale ! Une intuition ? Ça existe... Voyez, inspecteur... J'y ai joint ma carte... avec un petit mot aimable... Chose que je n'aurais faite qu'ici si j'avais apporté la toile dans ma voiture...

L'inspecteur se tourna vers moi. L'heure des explications sonnait. Saugrières — sans le vouloir — m'avait bien eu ! Déjà, je redoutais les questions des flics, les flics qui n'aiment pas beaucoup les gens qui essaient de faire payer des innocents à leur place. Ils m'auraient facilement... Le petit Patrick Saugrières ne tarderait pas non plus à cracher le morceau. Liard se ferait pincer avec le collier...

Tout avait foiré, quoi.

Sa fierté l'empêchait de... J'avais manqué de psychologie, comme on dit.

Schadenfreude

J'en suis sûr, me voilà tranquille. Je n'ai plus qu'à dormir sur mes deux oreilles. Le vioc a fait de moi son légataire universel. Il m'a fait venir chez lui, dans sa belle baraque de Louveciennes. Je l'ai vu, installé dans son fauteuil de paralo, les pattes mortes, mais la partie supérieure du corps toujours bien vivante, les bras aussi agités que ceux d'un guignol, les yeux fureteurs, sans cesse en mouvement. Et pas la langue dans sa poche.

Mon oncle Léon — je l'ai toujours appelé tonton mais en réalité l'animal n'est que mon parrain —, ancien constructeur de machines à laver et autres conneries ménagères électriques, a des centaines de millions en banque. Veuf depuis quinze ans, il est resté avec Éliane, fille adultérine qu'il n'a jamais reconnue mais qu'il a fini par recueillir, sur le tard, la môme venant de fêter ses dix-huit ans. Mais quand il est tombé paralysé des membres inférieurs, Éliane, une petite dégoûtée, a refusé de lui servir d'infirmière. Ça l'écœurait plutôt de passer son temps à torcher le vieux. Elle s'est parachutée au Canada et s'est mise à mener là-bas une vraie vie de pute. Il y a quelques mois la presse québécoise a fait état d'un début de scandale politique et le nom de la petite chérie a été prononcé. Mademoiselle donnait dans la partouze politicarde. Mon oncle est de la vieille école. Il a eu son coup de sang et a déshérité celle qu'il avait couchée sur son testament. Le notaire, Me Rozières, qui était présent durant l'entretien que j'ai eu avec le vieux, a bien voulu me confirmer la chose.

Alors j'ai pris la place de cette conne.

C'est moi que j'empocherai les millions. D'abord, je fais partie de la famille. Je suis son filleul. Son filleul Lucien. J'ai quarante ans et pas de situation. Je n'ai toujours pas fondé de foyer. Je végète en faisant de la figuration de cinéma et du roman-photo. Je joue à la passe, aux courses et j'ai fait un an de taule pour tentative d'escroquerie, mais ça ne fait rien, l'oncle — il me l'a dit — me préfère encore à sa poufiasse de fille naturelle.

Il m'a fait asseoir à côté de son fauteuil roulant et là, en présence du notaire, il m'a dit mes quatre vérités. D'après lui, j'étais un petit branleur, un bon à rien aux idées de rat mort, toujours à la recherche de la sale combine et que, si je devenais un tout petit peu moins cul, je finirais maquereau ou terroriste, mais ça lui était égal, il était persuadé que, chez moi, il y avait tout de même un bon fond et que, lorsque je ramasserais son fric, je m'assagirais, je réfléchirais et prendrais certainement la décision d'investir une partie de ma fortune dans une affaire saine et honnête. Amen. Ce qu'il faisait là, mettre mon nom sur le testament, c'était pour la mémoire de ma pauvre mère, sa copine de jeunesse qui avait fini tapineuse à Barbès.

Je remerciai mon oncle et j'aurais donné gros pour avoir une larme à l'œil.

Je pouvais remercier du fond du cœur Éliane d'avoir fait les quatre cents coups au Canada. Après tout, j'étais le filleul du vieux et je ne vois pas à qui d'autre il eût pu léguer ses millions, son unique enfant légitime étant mort au berceau. Ce n'était quand même pas le genre de gars à laisser son fric, péniblement gagné, aux petites sœurs de Saint-Vincent-de-Paul.

Il me demanda de venir le voir un peu plus souvent. Dans sa grande maison, il s'ennuyait à mourir. Mais comme il arrive à tous les gens qui se font suer de la sorte, il restait bien vivant. Je lui promis tout ce qu'il voulait. Venir me barber dans cette triste demeure ne me disait rien qui vaille. Ça sentait le renfermé et le cafard. Mais l'oncle Léon avait quatre-vingts ans et je n'en aurais sûrement plus pour longtemps à faire la navette Paris-Louveciennes.

Malgré ces prévisions optimistes, au bout d'un an, le vieux vivait encore. Je commençais à en avoir sérieusement ras-le-bol de venir lui faire la lecture, de pousser son fauteuil roulant à travers les allées du parc et de m'extasier avec lui sur les parterres de fleurs dont je n'avais absolument rien à foutre. D'autant plus qu'il ne me filait strictement pas un rond et que, chez lui, à cause de sa maladie d'estomac, on ne bouffait que des clopinettes.

Je me renseignai sur sa santé et j'appris avec regret que, mises à part ses pattes flasques, il avait une forme de déménageur, un cœur de roc et était bien parti pour roupiller benoîtement dans son fauteuil jusqu'à cent berges. Quant à sa maladie d'estomac, qui m'avait donné quelque espoir, il la trimbalait depuis l'âge de trente ans et elle était absolument bénigne. Hériter de son fric, c'était bien beau, mais moi j'avais quarante balais et je n'étais pas du tout décidé à poireauter de la sorte, d'autant plus que j'avais un besoin pressant d'argent et que si ça continuait à traîner à ce rythme-là mes démons allaient reprendre le dessus, j'allais espacer mes visites à Louveciennes et me mettre en quête d'un coup malpropre. Il fallait qu'il crève.

Après tout, honnêtement, il ne m'était rien et je n'éprouvais pas la moindre affection, pas la moindre sympathie, pas la moindre pitié pour lui. Il avait laissé ma mère se dépatouiller avec la vie, sans seulement lui tendre un peu la perche, alors qu'il gagnait déjà pas mal d'argent. J'étais son légataire universel, soit, mais ça allait bien comme ça. Il s'agissait de le faire passer de vie à trépas sans pour cela devenir un criminel.

D'abord, le sang me dégoûte, mais là n'est pas la question. Avec leurs méthodes perfectionnées, les flics ont les moyens de démasquer n'importe quel assassin et, même si je ne m'y prenais pas de façon niquedouille pour expédier le vioc au cimetière, je ne serais jamais tranquille. J'allais hériter de ces millions et les flics s'intéresseraient à moi, de très près. Même en jouant au plus finaud je finirais par tomber dans les filets qu'ils ne manqueraient pas de me tendre. Je n'avais absolument pas envie de jouer à ce petit jeu-là et un meurtre était une bien trop grosse affaire pour que je m'en occupe moi-même. Il me suffirait tout bonnement de trouver un type qui, pour un peu d'argent, se chargerait volontiers d'un tel boulot. Du fait des temps troublés que nous vivons depuis une dizaine d'années, on ne peut pas dire que les assassins courent les rues, mais on ne peut pas dire non plus qu'il n'y ait que des petits saints dans la jungle de nos grandes villes. En m'y prenant bien, je pouvais dénicher un lascar capable de me faire du travail bien torché.

Cela peut paraître fumant, mais ce fut parrain Léon lui-même qui me donna un tuyau. Comme cette brave vieille peau me demandait à quoi j'employais généralement mes soirées quand je n'étais pas chez lui, je lui avouai — il me fallait être prudent et ne pas trop me payer sa tronche en lui racontant que je délaissais la télé pour Pleyel ou la salle Richelieu, car il pouvait avoir fait sa petite enquête sur mon compte — je lui avouai que je fréquentais des boîtes, en particulier *Le Panier rose et noir*, un night-club des Ternes très connu de la police à cause de sa clientèle interlope. À ma grande surprise, il me parla du *Panier*. Le beau-frère de son médecin, industriel à Montauban, venait de temps à autre se distraire à Paris. Quelques semaines plus tôt le beauf s'était retrouvé avec une fille au *Panier* où une sérieuse bagarre avait éclaté. Des types avaient pris à partie l'industriel qui avait récolté un coup de couteau dans l'abdomen, sérieusement blessé. Le commissaire de police avait conseillé à l'honnête chef d'entreprise d'éviter de remettre les pieds dans cet établissement tenu par la pègre, un nid à tueurs.

Mon oncle me suggéra d'en faire autant. Je le rassurai mais, bien entendu, fis tout le contraire.

Deux jours plus tard, sur le coup de minuit, je me pointai au *Panier rose et noir*.

Je reluquai de très près la clientèle. Au bout d'un moment je repérai un costaud blond aux yeux bleus, balafré, la cinquantaine sportive. L'homme était seul et presque bourré. J'appris vite par un barman qu'il s'agissait d'un ancien SS, baroudeur qui avait repiqué au truc dès l'automne 45 et vécu en mercenaire dans pas mal de régions du monde. Probablement né vers 1920, ce gars-là sentait son boucher de Hanovre à quinze pas et j'étais prêt à parier qu'il avait déjà tué plusieurs fois père et mère. En le regardant d'un œil indulgent on pouvait dire qu'il ressemblait un peu à Gert Froebe. Ce type-là puait la Waffen-SS, une douzaine de nuits des longs couteaux et une bonne brouettée d'Oradour que c'était à s'en boucher le tarin. Le genre de personnage qui avait dû laisser une bonne ration de sang en Europe, en Afrique et en Asie et qui, au comptoir, sirotait tristement un whisky en pensant probablement à ce qu'il allait pouvoir fabriquer maintenant qu'il était tout près de la soixantaine.

Je revins plusieurs fois au *Panier*. Gros-Blond y était toujours. Je finis par comprendre que les filles ne l'intéressaient pas et que son bon morceau à lui c'était plutôt l'inverti. Je parvins à engager la conversation avec lui en lui faisant miroiter une occasion de se livrer à sa distraction favorite. Une partouze entre mecs dans une belle propriété de la vallée de Chevreuse, chez un éminent magistrat en retraite. Je lui racontai en ricanant grassement que j'étais chargé de recruter des hommes forts pour amuser la galerie d'anges.

Il ne se fit pas prier. Je le fis monter dans ma 404 miteuse achetée d'occasion et le pilotai vers le carrefour Raspail-Vavin. En route, je lui dis que les petites réjouissances ne commençaient guère avant deux heures du matin et que, pour tuer le temps en attendant, on pouvait boire un verre quelque part. Il prit assez mal la chose, mais finalement, se laissa faire, car ma tête avait l'heur de lui plaire. Je l'emmenai dans un bar tranquille de la rue Delambre. Là, devant un scotch bien tassé, je me mis à lui raconter ma vie, sans crainte, à lui déballer toute ma petite affaire de meurtre à combiner. Je lui parlai de confiance, comme je l'aurais fait en présence d'un prêtre. Je lui déclarai tout de go que je cherchais à faire assassiner mon parrain. Il ne sourcilla même pas et me proposa gentiment et simplement ses bons offices. À son tour, il me raconta un peu sa vie. À trois heures du matin, sans être ivres, nous étions un peu partis et il avait complètement oublié la pseudo-partouze dans la vallée de Chevreuse. Nous parlâmes sang durant deux bonnes heures, une vraie entrevue de G.Q.G. en temps de guerre. Il s'appelait Karl Kemnath et était né à Hambourg en juillet 1920. Sous l'uniforme SS il avait participé à de véritables tueries et avait eu ni plus ni moins que ses camarades sa part de femmes, d'enfants et de vieillards. Non, il n'était pas à Oradour, mais avait « fait » Lidice et la cascade du Bois de Boulogne. Il s'était un peu amusé en Corée — il ne savait plus trop dans quels rangs — et avait cassé du Casque Bleu au Katanga. Oui, on l'avait sollicité pour le Mozambique, mais ça l'ennuyait de retourner chez les nègres. Quant à se mettre tortionnaire en Argentine à son âge... Bien sûr, il espérait que ça allait péter pour de bon quelque part et qu'on accepterait de lui confier un fusil malgré ses soixante ans — il n'avait rien de la planche pourrie —, mais en attendant il fallait bien vivre... S'il avait tué quelques personnes depuis qu'il était redevenu civil ?

Oui, mais sept seulement et ça ne lui avait pas rapporté de quoi se rouler dans la soie. Et aujourd'hui, avec toute cette concurrence... Ah ! s'il avait eu vingt ans et été Soudard en Afrique noire ! S'il était recherché par les flics ? Hélas, oui. La police espagnole cherchait à obtenir de ses nouvelles. Dix mois plus tôt, il avait abattu froidement deux gardes civils à Salamanque, au cours d'un petit holp-up. Quant à la fillette qui était morte violée près de La Ciotat, en février dernier, eh bien, c'était lui... et il craignait d'avoir laissé des indices qui finiraient par le perdre... Un accident stupide... Les flics finiraient bien par lui mettre la main au collet. Pour l'affaire espagnole, il y aurait des questions d'extradition... Mais si la police découvrait qu'il était l'auteur du meurtre de La Ciotat, il n'irait probablement pas en Espagne. Peut-être était-il déjà soupçonné, et on le surveillait ? Allez savoir, avec ces diables de poulets français ! Son avenir était bien compromis. Il n'avait jamais eu de chance ! Il acceptait volontiers de descendre mon oncle mais, étant donné que cette mort allait me rapporter 30 millions lourds, il réclamait un dixième de l'héritage, soit 30 millions de centimes pour passer aux actes. J'eus un haut-le-corps devant une pareille exigence. Visiblement, l'ami Karl avait bu.

— Mon fieu Luzien, che zui voudu ! Les vlics ne font bas darter à me binzer ! Et bour le coup de La Ciotat, c'est la guillotine ! Et ch'en ai marre, te zette fie de pête draquée ! Che due don onkle, che débense les droits prikes zur la Kôte en menant la fie de krand tuc et buis che me gonsdidue brizonnier. Foilà mon ternier mot.

Si je comprenais bien, Karl s'estimait foutu. Il était persuadé que les flics le soupçonnaient et l'avaient à l'œil, le laissant provisoirement libre pour voir s'il avait des contacts, l'animal ayant certainement trempé dans d'autres affaires délictueuses. Il sentait qu'il finirait par tomber dans les filets de la police, qu'il lui serait impossible de passer une frontière — sans doute avait-il déjà essayé —, que son sort était désormais réglé. Il ne voulait pas vivre en bête traquée, il n'en aurait pas la force, il n'avait plus vingt ans. Il tuait mon oncle, dépensait ses 300 briques sur la Côte en menant la vie de nanti en goguette puis se constituait prisonnier. C'était son dernier mot. J'insistai un peu, cherchant à le faire revenir à des exigences plus modestes, mais rien n'y fit. Il voulait 300 millions anciens, pas un sou de moins. C'était à prendre ou à laisser et si je n'étais pas d'accord, je n'avais qu'à chercher un autre tueur.

Naturellement, j'étais obligé d'accepter. Je ne me voyais pas repartir à la recherche d'un Karl et j'étais pressé. Karl était le tueur en or — c'était le cas de le dire — et jamais je ne trouverais un garçon si complaisant et ayant de si belles dispositions pour le travail qu'on lui demandait de faire. Seulement, fichtre, 300 millions !... Il m'expliqua que ce ne serait pas avec quinze ou vingt briques anciennes qu'il pourrait s'amuser comme il le voulait. D'ici à un ou deux mois, il serait en taule et, avant un an, probablement au carré des suppliciés, allongé et sans tête. Face à un avenir si proche et si noir, il tenait à mener une royale vie de patachon, profiter au maximum de ses derniers moments de liberté, être envié par les michetons les plus dorés en vadrouille sur la Côte, jouer à la roulette, perdre son fric pour le plaisir, donner des pourboires somptueux, mener une vie fastueuse pendant deux ou trois semaines... Balades et dragouse en Rolls sur la Croisette... Claquer un fric fou à la table du chemin de fer au Palm-Beach... Se mêler aux princes d'Arabie et aux marchands de saucisses de Francfort ou d'ailleurs sans faire tache d'huile... être invité sur leurs yachts pour des partouzes dorées... participer à la grande fiesta fin d'époque... sortir de la choucroute et nager dans le caviar... Après, on pourrait le fusiller, le guillotiner, le couper en petits morceaux, il s'en foutait. C'était 300 millions ou rien.

Je dus m'incliner, 300 briques, c'était beaucoup. Mais, après tout, il n'existait pas de tarif syndical pour les tueurs à gages. C'était à la tête du client et, pour Karl, je devais être le bon volatile à plumer.

Restait à trouver une pareille somme.

Bien sûr, ces 300 millions de centimes, je les aurais une fois le vieux clamcé, mais Karl exigeait d'être rémunéré d'avance, d'autant plus, comme il me le fit judicieusement remarquer, que les formalités de succession prendraient un certain temps, trois ou quatre mois au moins. Ce que ce diable de Karl voulait, c'était pouvoir filer sur la Côte-Fric aussitôt le crime perpétré. Je devais me procurer sans tarder ces 300 millions. Il s'agissait de faire vite. Karl était en danger et je me demandais même si la flicaille ne l'épinglerait pas avant qu'il ait pu claquer ses millions. Mais de cela, je me moquais. Une fois Karl entre les mains de la poulaille — j'étais tranquille —, il ne parlerait pas. Mon oncle aura été assassiné par un rôdeur. Tout serait fait dans les règles de l'art, tandis que j'aurais un excellent alibi.

300 millions, c'était cher. Je n'avais pas de chance en étant le dernier client de Karl. L'eussé-je seulement rencontré cinq ou six mois plus tôt qu'il m'eût certainement fait un prix raisonnable. Ah ! quelle bourde j'avais faite là, d'attendre si longtemps. Mais le mal était fait et il ne s'agissait pas de geindre inutilement. Je paierais 300 millions. Mais j'en palperais dix fois plus après les opérations. Gain : 2 milliards et 700 briques bien à moi. Pas sale tout de même.

À tout hasard, je demandai à Karl s'il avait une idée susceptible de m'aider à trouver du fric. Il me rit gentiment au nez.

Je devais me ressaisir afin de ne pas donner à Karl l'impression que j'étais incapable de me procurer 300 millions dans des délais rapides. S'il réalisait que je n'étais pas foutu de trouver ce fric, il pouvait m'envoyer me faire foutre. J'illuminai ma face d'un sourire confiant et lui déclarai que j'aurais l'argent avant trois jours. Nous étions mercredi. Samedi, il pourrait tuer mon oncle. Nous convînmes d'un rendez-vous dans un lieu désert : samedi à seize heures devant la statue qui se trouve près de l'Observatoire, sur la terrasse de Meudon. J'aurais le fric. Il pourrait agir.

Nous nous quittâmes après un dernier verre et je restai seul planté dans la nuit, sous la pluie, au pied de l'arrogante tour Montparnasse. J'avais été fou d'accepter un tel marché. Espérer mettre la main sur 300 millions en trois jours était de la démence pure. Qui pourrait me prêter cette somme ? Je ne connaissais personne d'assez stupidement inconséquent pour m'avancer un si gros matelas ! Restait mon oncle. Il avait 3 milliards en banque, il lui était donc possible d'en retirer le dixième pour me le prêter. Je lui raconterais une salade quelconque et il les allongerait. Puisque j'étais son légataire universel, voyons ! Il ne me ferait là qu'une petite avance, voilà tout. Il s'agissait de lui servir une histoire sensée propre à le faire tomber dans le panneau. Il casquerait. S'il refusait, tout foirait et il continuait à agoniser au ralenti dans sa chaise roulante. Je n'aurais jamais l'audace ni le courage de l'effacer moi-même. Si ça se trouvait, ce serait lui qui m'enterrerait — on voit de ces choses indécentes — et le fric finirait par atterrir dans les poches d'Éliane-la-pute.

Le lendemain jeudi, je me rendis à Louveciennes, « prendre de ses nouvelles »...

Il rentrait justement de promenade. Son chauffeur le sortait délicatement de la Mercedes, l'installait dans son fauteuil, le roulait jusqu'à la maison. Il me fit un signe de la main. Sa bouille était souriante. Il était de bon poil. Ça tombait assez bien. Je pris une chaise et m'installai devant lui, dans le grand salon qui donnait sur le parc. Il se fit apporter ses cigares, son whisky et me servit lui-même. J'attendis que l'esclave eût décanillé pour me lancer dans mon histoire. Je le félicitai d'abord de sa bonne santé et me montrai heureux qu'il eût encore de nombreuses années à vivre devant lui. Je lui débitai la panoplie habituelle que l'on sert généralement aux vieillards inquiets qui s'accrochent : Fontenelle, Freycinet, Henry de Monfreid, Pétain... Compte là-dessus, ma vieille pomme. En plaisantant, je pariai que je ne palperais cette foutue fortune qu'une fois sexagénaire et que, à cet âge-là, je n'aurais plus tellement le goût ni la force de monter une affaire sérieuse. Il ne sembla pas comprendre l'allusion et tenta de me consoler en me faisant remarquer que je serais alors peut-être vieux et usé, mais riche, très riche, et que beaucoup de petits vieux de mon âge me regarderaient alors avec des yeux pleins d'envie, eux, ces pauvres bougres condamnés à la maison de retraite forcée ou à mendigoter les allocations gouvernementales. J'attaquai donc le problème sous un autre angle. Je lui annonçai sans rire que je comptais me marier et que je ne tenais pas du tout à ce que celle que j'avais choisie pour compagne épousât un traîne-patin et fût contrainte de rester dans le besoin. Je lui exposai mon projet d'exploiter un petit commerce d'articles de sport et de matériel de pêche sous-marine, sur la Côte d'Azur. La civilisation des loisirs semblant être en vue, ce genre de commerce allait prendre de l'extension.

Tonton Léon parut très intéressé par mon raisonnement et il me félicita de vouloir m'établir, me ranger et organiser mon avenir avec sérieux, il n'était pas très bon pour la santé de demeurer un Vitellone au-delà de la quarantaine. Comme il se préparait à changer de conversation en me parlant du château de Pierrefonds, je lui fis comprendre que, pour m'installer à mon compte, j'avais besoin de 300 millions. Il fit aussitôt un brin la gueule et me déclara sans faire de phrases que je ne disposerais de son argent qu'après sa mort. Dans sa famille, c'était la tradition. Il n'était strictement pas question qu'il me prête 300 millions, je devais me débrouiller par mes propres moyens, pour mon bien, ça m'aiderait à devenir un véritable homme. J'eus un certain mal à réprimer un rictus de haine. Dire qu'avec sa radinerie et ses principes éculés, ce vieux con était en train de se sauver la vie. Il ne pensait sûrement pas si bien faire. Mais j'avais pensé trop vite. Il me donna un conseil qui signa sa condamnation à mort. Il me fila les coordonnées d'un banquier de ses amis, un certain Fluchette qui, sur un mot de recommandation, accepterait de me prêter 300 millions, remboursables en cinq ans et sur lesquels il ne prendrait qu'un intérêt symbolique, un gentil banquier sorti tout droit d'un conte de Perrault. Ce Fluchette était paraît-il un vieil ami à qui il avait rendu jadis de grands services. Fluchette était tout à fait le type qui renvoie l'ascenseur, une sorte d'oiseau rare. Pour l'avoir bordé de nouilles, je l'avais bordé et gratiné. La vieille loche refusait de toucher à son magot, mais, par sa signature, elle m'ouvrait toute grande la grille d'un guichet de banque.

Je remerciai chaleureusement mon oncle tout en lui étant très reconnaissant de hâter si gentiment sa mort.

Je me rendis sans tarder à la banque, dans le lugubre quartier Monceau, muni de la lettre de recommandation de mon parrain, papier renforcé par un coup de fil à Fluchette. Je demandai à parler au banquier. Fluchette me reçut dans son bureau. Une demi-heure plus tard je quittai la caverne de brigands avec dans ma serviette un matelas de 300 millions et une tape amicale dans le dos en prime.

Tout me réussissait et, après tant de chance, je me demandais quel grain de sable bien hypothétique eût pu faire foirer ma petite combine de voyou.

Le samedi venu, je me rendis au rencard, à Meudon. J'attendis en vain pendant deux heures en faisant les cent pas le long de la terrasse, croisant juste quelques salariés venus là pour changer d'air.

Karl ne vint pas.

Était-ce le grain de sable, l'os de dernière heure ? Le Frisou s'était-il déballonné ? Peut-être avait-il été alpagué par la police ? À tout hasard, je lui avais donné mon adresse et mon bigof. Je rappliquai chez moi en quatrième vitesse, à Grenelle, pensant que, s'il avait eu un empêchement, Karl chercherait à m'y joindre. Le téléfon ne tarda pas à sonner. Je décrochai brutalement, comme dans les films à suspense. C'était mon Karl. D'une voix hachée par l'essoufflement — toujours comme dans les thrillers Série B — il m'apprit que les flics l'avaient repéré et pris en filoche. Il avait réussi à les semer mais, retardé par toutes ces embrouilles, n'avait pu se rendre à la terrasse de Meudon. Paris sentait trop mauvais pour lui et il devait quitter la ville sans tarder. Il allait de ce pas à Louveciennes descendre mon oncle puis filait sur la Côte. Il m'attendrait le lendemain matin, à six heures, dans une brasserie d'Auxerre dont il me donna l'adresse. Il consentait à tuer le vieux avant d'avoir le fric. Il se trouvait à une borne de Louveciennes et il n'était pas question pour lui de revenir actuellement à Paris. Ma parole, ce prétentieux se prenait pour Maupetit ou pour Mesrine. Il m'ordonna de prendre ma voiture et de me rendre dare-dare à Auxerre où, lorsqu'il m'y retrouverait, à l'aube, je n'aurais plus qu'à lui remettre le matelas promis. Il filerait aussitôt en espérant que les flics du Midi ne le repéreraient pas tout de suite. Il me parla de faux papiers, de fausse barbe, je ne sais quoi, on était en plein Fantômas ou en pleine O.A.S. Bref, que je ne m'inquiète pas pour lui, il avait plus d'un tour dans son sac. Il me prévint sympathiquement que, si je n'avais pas l'argent, il me buterait sans hésitation. Je m'empressai de le rassurer en lui annonçant que j'avais la fraîche. Toutefois je ne tenais pas à me faire pigeonner et je le lui dis. Qui me prouverait, demain matin, lorsque je le verrais à Auxerre, que mon oncle serait bien mort ? Il me traita d'enflé et y ajouta un juron germanique. Il me suffisait d'appeler mon oncle depuis Auxerre. L'esclave répondrait et, à cette heure-là, ayant découvert son maître assassiné, il ne manquerait pas de m'en informer. De plus, Karlos me rappela que je devais m'assurer d'un solide alibi. Il était sept heures du soir. Je pouvais être à Auxerre à neuf heures, dîner dans un hôtel pas trop dégueulasse dont il m'indiqua l'adresse, regarder la téloche jusqu'à minuit dans le grand salon réservé à la clientèle et me coucher en ayant soin de réveiller le garçon deux ou trois fois dans la nuit. Le personnel de l'hôtel au grand complet témoignerait ainsi de ma présence à Auxerre de vingt et une heures à l'aube. Karl frapperait entre vingt-trois heures et minuit.

Je devais lui faire confiance. Je n'avais pas le choix. J'effaçai de mes pensées la possibilité d'un coup fourré de sa part et sortis de mon deux-pièces poussiéreux. Je montai dans ma 404 poussive et pris la route d'Auxerre.

À vingt et une heures, j'étais à table, dans le resto d'un des plus grands hôtels de l'endroit. Lorsque j'eus englouti mon canard à l'orange, je m'installai dans le salon, face à l'écran de télévision, au milieu d'une demi-douzaine de clients. Vers vingt-trois heures, je consultai fébrilement ma montre. Selon toute vraisemblance, Karl était en train de faire passer le goût de la brioche à mon oncle. Je n'étais pas tranquille. À minuit, alors que la ravissante présentatrice de T.F.1 disait bonne nuit aux téléspectateurs, je me rendis dans la cabine téléphonique du hall de l'hôtel et appelai la maison de Louveciennes. Il y eut onze sonneries avant que l'on daigne décrocher. J'eus subitement le dos glacé. Karl était au bout du fil. Aussitôt après m'être annoncé, j'entendis le son de sa voix. Il m'engueula. J'avais failli le déranger en plein travail. C'était fait. Il venait de tuer mon oncle et, *occupé*, n'avait pu décrocher plus tôt le bigof. Trois balles de 11,43 dans la tête. Certainement deux de trop. La confiture de fraises. J'eus un mouvement d'agacement : j'espérais que les enquêteurs reconnaîtraient mon oncle. Karl avait été obligé d'enfermer l'esclave dans sa chambre. Il s'éclipsait sans tarder et pensait être à Auxerre plus tôt que prévu grâce à la Sirocco qu'il venait de voler.

Je raccrochai doucement et m'épongeai lentement le front. (Série B américaine.)

*

Lorsque je retrouvai Karl, au petit matin, dans la brasserie auxerroise, il semblait frais et dispos. Il était content de lui. Il avait abattu mon oncle sans mal et avait réussi à semer les flics de la Criminelle. Affublé d'une barbe postiche et d'excellents faux papiers en poche, il espérait se faire du lard sur la Côte pendant au moins trois semaines. Après, ma foi..

Je lui tendis discrètement — mais le loufiat qui se dépiautait les narines derrière son comptoir ne faisait pas attention à nous — le paquet contenant les billets : 300 millions de centimes. Il leva la main et me dit que rien ne pressait et qu'il les prendrait dans sa bagnole. Il me demanda de lui faire faire un petit bout de chemin. Pour que les choses fussent faites régulièrement, je devais appeler Louveciennes. Ce que je fis. Le larbinos m'apprit que monsieur mon parrain avait été tué de trois balles de pistolet, vers vingt-trois heures quarante-cinq, par un rôdeur — arabe ou non, on ne savait encore pas — qui s'était introduit dans la propriété et l'avait surpris pour l'enfermer dans sa chambre. Le larbin n'avait pu voir le visage de son agresseur. Il avait entendu les trois coups de feu. Monsieur n'avait pas crié, rien, pas un mot. Au bout de trois heures, à force de taquiner la serrure avec un crochet, le fidèle serviteur avait réussi à sortir de sa piaule et découvert Monsieur, la bouille toute rouge comme une grosse tomate écrasée, du sang partout, jusque sur le Matisse. Il avait immédiatement alerté la gendarmerie. Un flic dut prendre l'appareil de la main du larbin — et je m'étonnai que les flicards l'aient laissé jacter si longtemps —, car une voix rude me demanda qui j'étais et ce que je voulais. Je déclinai poliment mon identité et spécifiai que je me trouvais à Auxerre. On me pria sans façons de rappliquer tout de suite à Louveciennes. Mais je n'avais rien à craindre. J'avais un alibi type-Affaire juge Renaud, à toute épreuve.

Karlus poussa dans l'Yonne la Sirocco qu'il avait secouée et monta à mes côtés dans la 404. Au bout de trois ou quatre bornes, la ville derrière nous, je stoppai en bordure d'un petit bois, un peu à l'écart de la route, en pleine campagne :

— Je te donne ton fric et je te laisse, Karl... les flics m'attendent chez mon oncle et vaut mieux pas faire attendre ces messieurs...

Je lui tendis le paquet de billets que je venais de sortir de son emballage. À ma grande stupeur, Karl m'arracha le matelas des mains, sortit de la voiture, alluma son briquet et, délicatement, sans s'affoler, mit le feu au tas de pognon. Il éclata de rire, en pleine *Schadenfreude*, regardant les 300 briques se consumer à ses pieds, dans l'herbe, sans doute revenu quarante-cinq balais en arrière alors que, en uniforme des Jeunesses hitlériennes, il devait en se boyautant brûler les bouquins du gars Marx, on ne sortait décidément pas du *Capital.* Moi je restais comme un con devant mon volant, incapable de bouger un cil. Le Fritz était plié en deux par le rire et ce qui avait été une bien jolie somme n'était plus maintenant qu'un affreux torchon de papier noirci. Il écrasa le tout sous son talon. Je me demandai à quoi il jouait. Ce Karl était-il devenu subitement dingue ? Je sollicitai d'une voix cassée quelques explications. Il daigna éclairer ma lanterne en m'apprenant qu'il se foutait de ces 300 briques comme de sa première chemise brune. Pour lui, ce n'était que menue monnaie qu'il n'aurait même pas eu le temps de dépenser. Il aurait beaucoup trop à faire avec les 2 milliards et 700 briques que lui avait donnés mon oncle. Avec ça, il pourrait même tenter de gagner le Brésil ou le Paraguay pour s'y refaire une peau. Prudent, il s'éloigna de la voiture et sortit un sac en plastique de sous son imper. De loin, il me montra des tas de liasses de biffetons. Il avait là, dans ses sales pattes de tueur, presque toute la fortune du marchand de machines à laver, presque 3 milliards, une orgie de billets de banque grand format. Il s'excusait de ne pas m'inviter à les compter et me demandait de lui faire confiance.

Alors que je me trouvais en plein cirage, prostré sur le volant de ma voiture, il me raconta ce qu'on avait manigancé derrière mon dos. Mon oncle, sachant que je fréquentais volontiers le *Pa-*

nier rose et noir, y avait envoyé un homme à lui, payé par lui, une de ses mouches : Karl Kenmath. L'Allemand avait été chargé par mon oncle de faire l'espion et d'enquêter sur mon compte. Comment Karl et le vieux s'étaient-ils connus ? Peu importe. La vieille peau avait toujours eu des flopées de privés véreux à sa botte. Quand mon oncle avait eu la certitude — Waffen-SS avait dû enregistrer une de nos conversations à l'aide de quelque gadget aussi minuscule que vicieux — que je voulais le faire descendre pour palper son fric, il avait décidé — après tout on ne pouvait pas tellement lui en vouloir — de se venger par anticipation. Sa bonne santé d'octogénaire, c'était de la frime. Le viocard était condamné par la Faculté et n'avait plus que six mois à vivre. Alors, mourir pour mourir... Et puis, pourquoi ne pas se soustraire aux souffrances, à l'agonie à la Franco qu'on lui promettait ? Il s'était fait conduire à sa banque et y avait ramassé tout son blé : 3 milliards en espèces. Ces trois mille briques, il les avait offertes à Karl en échange de son assassinat. Un assassinat-suicide, en quelque sorte. Pas le coup du lapin, mais celui de disons Stavisky, pour rester rétro. Tu m'abats et je t'offre 3 milliards, la maison Léon Machin a toujours donné dans le libéral en payant très bien ses employés. Son assassinat. Histoire de me couper l'herbe sous le pied. Connaissant mes chères et si peu délicates intentions à son égard, sachant que je voulais le faire abattre, le vieux crevard n'avait pas hésité une seconde : refusant mon « cadeau », cet assassinat — en ayant largement les moyens — il se l'était offert lui-même. En payant cash et dix fois plus cher que moi. Avec la totalité de ses mirobolantes économies.

Mettez-vous à la place du gars Karl...

Pour avoir été couillonné...

Je bondis hors de la voiture et me ruai sur le Germain.

Mais, d'un expert coup de savate dans la gueule, il m'envoya rouler dans le fossé avec deux dents cassées. Je me relevai en me frottant la joue. Je devais avoir l'air mauvais. Il se jeta sur moi et m'écrasa la face du plat de la main. Une plaque de métal qui me cassa le nez et m'inonda la bouche de sang. À ce rythme-là, j'allais avoir la fiole en confitures tout comme tonton Léon, et là — le miracle — sans balles de 11,43.

Avant que j'aie pu me relever — car j'étais tombé une seconde fois le cul dans l'herbe —, Karl-le-vicieux était déjà dans la bagnole, prêt à démarrer. Il me conseilla de me calmer. Lui, il n'y était pour rien. Le pourri, c'était mon oncle. Il était simplement allé au plus offrant. Je lui rappelai, avec une voix toute conne de môme qui vient de recevoir une avoine, que je lui avais tout de même filé 300 briques, pas la paie d'un petit cadre. Il me fit alors remarquer que, en tuant le vieux, il m'avait tout de même rendu service et avait rempli ses engagements.

Là-dessus, Karl embraya et, complètement

ahuri, couronné roi des cons, je regagnai Auxerre à pinces.

Un peu plus tard, je reçus un coup de fil chez moi. C'était Karl. Il m'annonça que tout allait bien pour lui. Il avait déjà claqué 82 briques. Il se préparait à faire l'achat d'un yacht. Sa fausse identité tenait bon. Les flics ne l'avaient pas encore reconnu. Il espérait même pouvoir gagner l'Amérique du Sud, si la chance continuait à lui sourire, mais le moral était très bon.

Le notaire me convoqua et, sa bonne gueule tordue par un sourire de faux jeton, m'annonça que mon oncle ne laissait pas un centime. La maison de Louveciennes plus deux ou trois bicoques en bord de Loire ? Tout avait été donné aux pauvres, à l'Œuvre de Saint-Vincent de je ne sais quoi... L'homme de loi était sincèrement désolé. Il ne s'expliquait pas le geste de son client.

— Quelle idée saugrenue de retirer tout son argent de la banque et de le distribuer à droite et à gauche... Une folie...

Quant à moi, je devais 300 millions à la banque Fluchette. Remboursables en cinq ans. J'allais devoir me mettre à bosser. Et durement.

« Voyons voir... Si je dois rembourser 300 briques en cinq ans, ça me fait 60 briques par an... À condition de ne pas bouffer, de ne pas m'habiller, de ne pas me loger, de voyager à pied, de me passer de la télé en couleurs, de ne pas sortir, de ne pas prendre de vacances, de ne pas voir de putes, ça m'oblige à gagner cinq millions anciens par mois. À condition également de ne pas payer d'impôts (et je n'ai pas de hautes relations politicardes). Cinq briques par mois ! Et j'ai pas de diplômes ! Qu'est-ce que je vais bien pouvoir foutre, nom de Dieu, avec mes connaissances à la mords-moi-le-doigt, pour gagner ça » ?

Le coup de patte
du chat Bouboule

Pour le rapt et le meurtre d'un gamin de six ans, Didier Lemoine avait été condamné à la peine de mort le 30 janvier par les assises de l'Yonne. Maître Riquel et le bâtonnier Maupain, ses défenseurs, avaient convaincu leur jeune client de signer son pourvoi en cassation.

Pourvoi rejeté le 27 avril.

Le 28, Maître Riquel et Maître Maupain demandèrent au Président de la République de bien vouloir les recevoir.

Le Président avait la peine de mort en horreur. Mais il y avait l'opinion publique. Il entendait encore les cris « *À mort ! Ordure ! Salaud !* », jetés par la foule massée devant le Palais de Justice de Sens, au soir du verdict, alors que les gendarmes poussaient rapidement le jeune condamné dans le fourgon cellulaire. La Télévision avait montré quelques images du procès, avant-dernier acte de cette tragédie qui avait soulevé d'indignation la presque totalité du pays. Les parents de la petite victime, dignes et retenant leurs larmes, mais aussi la mère de Didier, ses deux sœurs aînées, et les cris du petit Xavier, le benjamin de la famille Lemoine, un ravissant gamin de sept ans qui demandait qu'on « *lui rende son grand frère* », qu'il adorait. Scènes bouleversantes qui avaient fait pleurer les quatre femmes du jury, mais aussi un homme, et jusqu'au Président Godefrel qui avait eu, lui, un vieux routier des Tribunaux, du mal à cacher son émotion.

Les pleurs, les cris et les supplications de la famille Lemoine, le Président de la République les entendait encore.

Quel drame horrible. Ah ! si l'on avait su empêcher tout ça !... Sans doute eût-il fallu très peu de choses... ne pas créer cette ambiance d'affolement qui, peut-être, avait conduit à l'irréparable... Allez savoir !

Et cet accusé, un petit jeune homme correct, bien élevé, *presque sympathique*... Et qui, en un an, attendant pratiquement la mort que tout le monde lui prédisait, avait *changé*. Changé *en bien* !

Le Président devint soucieux, absorbé par cette tragédie.

« *L'Opinion n'acceptera pas la grâce, ne la comprendra pas... Si j'use de ma clémence, c'est la porte ouverte à d'autres meurtres de ce genre, si épouvantables... J'ai le devoir de protéger les faibles, et les plus faibles d'entre eux : les gosses... Et pourtant... Non, aujourd'hui, je ne sais* pas encore *ce que je vais décider... Je me suis déclaré ennemi de la peine de mort, à plusieurs reprises... Pourtant... Le Président Fallières, qui avait dit la même chose que moi, n'hésita pas à braver l'opinion publique en graciant Soleillan, assassin d'une gamine en 1912... Le pays tout entier attend, a l'œil fixé sur moi... Et un autre meurtre de ce genre a été commis il y a six semaines, dans l'Orne... On ne comprendrait pas... Pourtant... J'ai un fils de l'âge de Didier Lemoine...* »

Le soir, dans son grand bureau, le Président réfléchissait. Son chat Bouboule allait et venait, loin de toutes ces horreurs. Les bêtes, elles, sont innocentes. Bouboule se frottait à sa jambe, se lustrait le poil sur ses chaussures, se prélassait entre ses pieds... Le chat, d'un bond, monta sur le bureau, et selon son habitude — c'était un chaton de cinq mois et demi —, joua avec des papiers, semant le désordre, pour finir par s'allonger paresseusement sous la lampe...

Les avocats attendaient qu'il veuille bien les convoquer. Ils allaient solliciter la grâce, bien sûr. Il les écouterait, impassible, le visage aussi neutre que celui d'un bon joueur de poker.

Le Président Duteil réfléchissait. Son premier condamné à mort depuis qu'il était en exercice.

« *Voyons. Nous sommes le 7 mai. Si je ne recevais les avocats que, disons vers le 5 juillet, je pourrais profiter de la Fête Nationale, du 14 juillet pour... Mais le 5 juillet, c'est loin ! On ne comprendra pas cette attente de plus de deux mois... Ah ! si seulement le procès avait eu lieu en mars... Cas-*

sation... Pourvoi rejeté en juin... Ça allait. Mais ici !... Quel prétexte trouver pour éviter le couperet à ce jeune garçon ? »

Le Chef de l'État ne put lanterner. On le poussait. Les avocats attendaient. Avant de les voir, il recueillit l'avis de la Commission des Grâces du Conseil Supérieur de la Magistrature qui pencha pour l'exécution de la sentence. Le crime était trop révoltant et il y avait eu préméditation.

Le Président dut recevoir Maître Riquel et le bâtonnier Maupain le 1er juin. Il écouta les deux avocats. Ils furent tous deux admirables, chacun à sa manière. L'homme d'État les écouta, impassible, ne laissant rien deviner de ses pensées, les admirant secrètement. Tenter de sauver un homme de la mort, fût-il le pire des scélérats, n'est-ce pas ce qu'il y a de plus beau au monde ? Il pensa aux médecins, aux chirurgiens, aux pompiers, aux marins, aux guides de haute montagne, et bien sûr aussi aux avocats.

Didier Lemoine, un petit jeune homme de province — vingt-deux ans ! —, employé consciencieux, bien élevé, famille « modeste *mais* très digne » avait-on lu dans certains journaux, famille catholique pratiquante, très bien considérée, petit jeune homme *normal* qui, subitement, était devenu un monstre... Avait-on le droit d'empêcher une possible rédemption ?

Mais il y avait aussi le petit visage rieur de Daniel Marchand, l'innocente victime... Et il y avait également le visage du petit Xavier Lemoine qui réclamait son grand frère... Que de visages d'anges dans toute cette horreur...

« *Il me faut un délai de réflexion, messieurs*, répondit le Président. » « *Combien de jours ? Je serais incapable de vous le dire... Je ne peux rien vous préciser d'autre en l'état actuel des choses.* »

Les avocats quittèrent le bureau présidentiel, très soucieux.

« *Que pourrais-je faire ? Ah ! Quelle saleté de métier !* »

Il réfléchit encore, tard dans la nuit, ne quittant pas son bureau, caressant distraitement son chat...

Les bêtes sont innocentes...

Il pensa au jeune condamné qui, enchaîné, attendait à Sens, dans la cellule des condamnés à mort, éclairée jour et nuit...

Il pensa aux vers de Victor Hugo...

Il pensa à l'enfant martyrisé...

Il pensa aux jeunes parents de la petite victime...

Il pensa à la famille de Didier, à son petit frère...

*

Il pensa à l'opinion publique, à ces millions de personnes, qui *attendaient...*

« *Il faut que je trouve quelque chose... Maintenant, le temps presse... C'est juste une question de jours...* »

Le Président se souvint alors de la lettre que

lui avait adressée Mme Lemoine, la maman du condamné, deux mois plus tôt. Il n'avait pas jeté la missive, elle était là, dans un tiroir. Il la prit, la relut. Une femme très bien, cette Mme Lemoine. Elle avait élevé ses quatre enfants avec une dignité exemplaire, elle ne comprenait pas, bien sûr, la pauvre femme, pourquoi son fils avait fait une *chose pareille*... Une lettre comme il en est peu : écrite avec des larmes.

Mme Lemoine, dans sa lettre, demandait à être reçue par le Président de la République, pour son fils Didier.

« *Je vais la recevoir* », décida l'homme d'État. Auparavant, il demanda conseil à Benoît de la Trévillière, son chef de Cabinet.

« *Normalement, ça ne se fait pas, Monsieur le Président. Vous avez juste le droit de recevoir les défenseurs...* »

« *Je vous demande la discrétion la plus absolue, cher ami... Ou plutôt non... Que la presse l'apprenne... Ainsi on comprendra mon geste de clémence... Qui pourrait m'en vouloir d'avoir cédé aux supplications d'une mère ?* »

Le Président reçut donc Mme Lemoine, un soir. La pauvre femme, employée aux P.T.T., avait pris son train à Sens pour débarquer à la Gare de Lyon vers dix-neuf heures.

Elle supplia le Président, le visage en larmes, lui montra les photographies de Didier enfant, puis de Didier à seize ans, jouant avec son jeune frère dans le jardin, et une photo de famille — de la famille unie ! — le jour de la première communion du futur criminel... Elle supplia pour son tout petit, Xavier, qui attendait son grand frère...

*

« *Non, je n'aurais pas dû la recevoir*, se dit le Président, le cœur serré, car c'était un homme bon. *Tout cela est vraiment trop pénible.* »

« *Dites, monsieur Duteil. On ne va pas couper la tête à mon grand ?* »

« *Écoutez, madame... Votre fils ne mourra pas. Je vais le gracier.* »

« *Oh ! merci, mon Dieu ! ! !* » cria la malheureuse, se levant et se jetant dans les bras de Duteil.

« *Je vous en prie, madame... Calmez-vous...* »

Il s'était levé et aida la femme à se rasseoir.

« *Vous ne me mentez pas au moins ?* » demanda-t-elle à travers ses larmes de bonheur.

« *Je ne me permettrais pas une chose si immonde, madame... Voilà ce que vous allez faire. Vous allez me le promettre.* »

« *Oui, monsieur le Président... Oui...* »

« *Normalement, je n'ai pas le droit de vous dire ce que j'ai décidé. Mais, humainement, je n'aurais pas pu vous laisser repartir à Sens avec l'incertitude... Vous n'avez que trop souffert... Je ne veux pas endeuiller une seconde famille... C'est un secret entre nous, n'est-ce pas... Je vous ai écoutée. Mais je ne vous ai rien promis. Je ne vous ai rien dit.*

Ne dites rien. Ni à votre mari, ni à vos filles... Ni au tout petit, bien sûr... À personne... Vous allez repartir, très dignement, comme vous êtes venue... Surtout, ne laissez pas paraître votre joie... À cause des huissiers, vous comprenez... Ils comprendraient... Ça se répéterait et... je n'ai pas le droit, vous comprenez ? »

« *Je vous le promets, monsieur Duteil. Je vous le jure... Laissez-moi vous embrasser... De tout mon cœur...* »

« *Dans un jour ou deux, les avocats de votre fils vous annonceront la bonne nouvelle. Surtout, avant ce moment : le secret absolu.* »

Mme Lemoine quitta l'Élysée, très digne, impénétrable. Deux huissiers la regardèrent passer avec pitié.

Deux jours plus tard, aux informations radiophoniques de huit heures, Mme Lemoine, dans son petit pavillon de Sens, alors qu'elle faisait sa vaisselle, entendit :

« *Ce matin, à quatre heures quarante, dans la cour intérieure de la prison de Sens, Didier Lemoine a été guillotiné. L'assassin du petit Daniel Marchand avait vingt-deux ans.* »

La malheureuse poussa un grand cri et tomba, frappée par une syncope.

*

Le Président se pencha sur son bureau pour signer le rapport de la Commission à l'Aménagement du Territoire de l'Assemblée Nationale qui autorisait le percement d'un tunnel routier au nord de Briançon. À gauche du rapport, se trouvait un document presque identique, venant du Sénat, qui déconseillait ces gros travaux, trop coûteux. Le Président avait décidé de donner le feu vert, donc de signer le document de droite.

Alors qu'il allait signer, Bouboule, son chat, sauta sur le bureau, batifola et, selon son habitude, d'un coup de patte espiègle, dérangea les papiers.

« *Pour un peu, j'allais interdire le percement du tunnel* », se dit le Président, constatant que le minet avait mis le document du Sénat à droite et celui de la Commission à l'Aménagement du Territoire... à gauche.

C'est alors qu'il revit avec horreur les deux documents de Justice, quelques jours plus tôt, étalés sur son bureau devant lui.

À droite, il y a le feuillet qu'il désire signer, et stipulant que la peine de mort — Affaire Didier Lemoine — doit être *commuée en réclusion criminelle à perpétuité.* À gauche, il y a le feuillet — qu'il ne signera pas —, le texte qui stipule que *la Justice doit suivre normalement son cours.*

Ce soir-là, comme chaque soir, Bouboule jouait sur le bureau présidentiel, jouait avec les papiers de l'État !

« *J'ai dû regarder ailleurs... Deux secondes ont suffi... Le feuillet de gauche a été poussé à droite, et celui de droite a été poussé à gauche... et j'ai signé celui qui était à droite, croyant sauver Didier Lemoine...* »

Sa gorge s'était serrée. Pour un peu, il eût pleuré de rage et d'horreur.

Il regarda Bouboule. Le chat jouait toujours. Le feuillet de gauche était revenu à droite...

Trois secondes...

Il ne donna pas même une tape à l'animal. Il le caressa distraitement.

L'innocence des bêtes bat de cent mille coudées celle des hommes.

Le pauvre petit tueur
à face de cul de singe

Si j'avais eu la tête de Monsieur-tout-le-monde, je n'aurais probablement pas eu à endurer ce cauchemar. Incontestablement, ma sale gueule fut la grande fautive. Une vraie figure de pot de chambre : un teint de banane pas mûre, un nez long et osseux épousant la forme d'une faucille, des yeux atteints de strabisme convergent, des lèvres écarlates en cul de poule, un menton en galoche, une chevelure hirsute en baguettes de tambour, d'un joli poil de carotte, et une grande oreille décollée au point d'être prête à s'envoler. Tout ça sur la même binette. Comme vous le voyez, Fellini aurait pu me faire travailler en arrière-plan dans un de ses films. Un faciès pareil, ça ne se rencontre tout de même pas à tous les coins de rue, même à Paris où, comme l'a écrit Henry de Montherlant, les gens laids sont légion. Mais peut-être bien que ce gars-là n'avait pas beaucoup voyagé, parce que si vous vous baladez à Londres ou à Berlin, vous serez servis ! En tout cas, des sales gueules comme la mienne, ça ne court quand même pas les avenues. Avec une touche pareille, si l'on m'avait sollicité, j'aurais pu — j'y reviens — faire du cinéma d'épouvante sans avoir à courir après le cacheton. Mes emplois étaient tout trouvés. Pourtant, après vingt ans d'erreurs et de tâtonnements, je choisis un métier dans l'exercice duquel ma face de carême me servit largement. Après l'excellente formation professionnelle reçue de mon oncle Baptistin — un pickpocket de première, pas vu pas pris durant les quarante-trois années de son règne ; s'il s'en était donné la peine il aurait fauché avec maestria le calcif d'un ministre pendant l'inauguration d'un monument —, je m'étais mis à opérer pour mon propre compte.

Je travaillai ainsi pendant cinq ans sans avoir le moindre petit accroc. Tandis que ma main experte batifolait dans le métro, l'autobus, le train de banlieue, les queues aux entrées des cinémas, les fêtes foraines ou les meetings politiques, mes grands terrains de prédilection étaient surtout le marché aux puces — le samedi —, la tour Eiffel — malgré la fameuse pancarte avertissant les visiteurs du danger encouru —, le Parc les jours de finale de Coupe, les grands magasins, les grandes églises pendant les messes de minuit, le salon de l'auto, celui de l'enfance, le Sacré-Cœur et la place du Tertre en été, les grands meetings aériens — trop rares et où chacun a la tête en l'air — et bien sûr Longchamp, Auteuil et Chantilly...

Dans cette noble profession, ma foutue bobine me fut d'une grande utilité. Lorsque, dans le métro, je me plantais devant un voyageur, celui-ci se mettait immanquablement à me dévisager. « Dieu ! quelle sale gueule ! » devait-il se dire tandis que je lui fauchais délicatement son portefeuille.

Mes victimes étaient surtout les petits, les salariés, ceux qui sentent la sueur, pas du tout par esprit asocial — je suis moi-même fils de prolos — mais parce que ce sont surtout ces gens-là qui se baladent avec des espèces sur eux. Les gros ne trimbalent que rarement du pognon et les montres en or à gousset, quoi qu'on en dise, se portent de moins en moins.

Je ne sais pas ce qui m'est arrivé, au parc de Saint-Cloud, par cette fin d'après-midi de septembre, mais je m'y suis pris comme le dernier des manches. À croire que j'avais un fer à repasser attaché à la main ! Je venais de me relever d'une bronchite et, tout compte fait, je ne devais pas être très en forme ce jour-là. Pauvre fou que je suis, j'aurais dû rester chez moi. J'étais plein aux as, je pouvais suspendre mes activités un bon moment, prendre un peu de vacances. Mais non, il a fallu que j'y retourne. Cette curieuse démangeaison aux doigts ! Et ce vieux tordu m'a pris sur le fait. J'entends encore ses gueulements de porc qu'on égorge trop lentement.

Septembre touchait à sa fin. Il avait fait une belle journée, avec du soleil sur les feuilles déjà jaunies mais encore recouvertes d'un beau doré. Un joli décor. Le parc de Saint-Cloud était presque désert. Les nounous poussaient leur landau vers la grille. Deux ou trois couples d'amoureux s'éternisaient sur les bancs. Un marchand de glaces et de sucettes pliait bagage. Et, au milieu d'une allée, ce vieux con décoré, canne à la main, qui respirait benoîtement la fraîcheur du soir.

Je l'ai observé, tout en faisant semblant de lire *France Dimanche*. Je l'ai laissé s'approcher d'un massif de fleurs. Il s'absorba dans une longue contemplation. C'est alors que je me glissai sournoisement vers lui, mon journal déployé. Il regardait droit devant lui, comme hypnotisé par les couleurs. J'ai approché ma main droite de son veston, j'ai tiré le portefeuille en douceur... Il s'est mis à gueuler, ma mère, mais à gueuler ! Puis il m'a sauté sur le paletot tout en envoyant sa canne au diable. Je sens encore ses vieilles mains crochues me serrer le cou. Je me suis débattu comme un beau diable, j'ai lâché le portefeuille. J'ai essayé de me dégager en lui tordant un bras avec fureur. Mais ses braillements redoublaient. Cette fois, c'était l'accident que nous autres, dans le métier, on redoute toujours, et qui bien souvent vous saque une carrière pour un bail, quand ce n'est pas définitivement. Le vieux criait toujours. Le marchand de sucettes s'amenait. Les amoureux, intrigués, s'arrachaient à leur étreinte, quittaient leur banc... Un jeune gars rappliquait à la rescousse, prêt à me barrer le chemin... Quand je pense que pour les gens attaqués dans les trains, personne n'en brame une, et moi, toujours aussi chançard, il avait fallu que je tombe sur des bravaches !

— Espèce de salaud ! Au secours ! Au secours !

Il avait un de ces souffles, ce vieux connard-là !

Je me suis affolé.

Comme je ne parvenais pas à me débarrasser du vieux fou — on eût dit un klebs qui me retenait avec ses crocs —, j'ai perdu la tête. En quelques secondes, j'ai envisagé les conséquences catastrophiques de mon inévitable arrestation, j'ai pensé aux milliers de plaintes entassées dans les commissariats et concernant des vols à la tire. Quand les flics pêchent un pickpocket, ils sont trop heureux de lui mettre le plus possible de délits de ce genre sur le dos... Oui, j'ai eu peur. Les autres allaient prêter main-forte au vieux et me maîtriser, appeler les gardes... On allait me conduire au commissariat, m'interroger, me démasquer, me prier d'expliquer la source de mes revenus, me chercher des poux dans la tête, explorer mon passé et découvrir fatalement que j'étais un pickpocket et que j'avais dévalisé des centaines et des centaines de personnes. Pas de ça ! J'ai vu bêtement rouge. J'ai sorti mon couteau à cran d'arrêt italien et d'un geste sec j'en ai fait jaillir la lame que, sans une hésitation, j'ai plongée de bas en haut dans la boîte à ragoût du vieux.

Il s'est écroulé en avant, sa main soutenant son

ventre qui pissait le sang. Lorsque les autres tentèrent de le remettre sur ses pieds, j'étais loin. Ayant pris mes jambes à mon cou, je m'enfonçai dans le parc en direction de Ville-d'Avray et sortis un peu plus loin par un sentier qui me conduisit à Sèvres.

La nuit tombait. Les rares passants ne semblèrent pas faire attention à moi. Je m'efforçai d'avoir une attitude normale tandis que je me dirigeai vers un arrêt d'autobus.

Dès que j'avais vu le vieux chanceler, j'avais replié la lame de mon couteau et j'avais fourré celui-ci, tout poisseux de sang, dans une poche de mon pantalon. Un rapide coup d'œil dans la vitrine d'un magasin, à la sortie du parc, m'avait appris que je n'avais pas de taches sanguinolentes sur mes vêtements. Le vieux ne m'avait pas éclaboussé.

Au moment où le bus arrivait au Val d'Or, je me demandai si le vieux con était mort. J'étais plutôt pessimiste. J'avais enfoncé violemment la lame dans le ventre du gâteux et j'avais dû atteindre au moins le foie.

Dans l'autobus, quelques passagers me dévisagèrent comme si j'étais passé à la télé la veille au soir. Mais j'étais habitué à me trouver ainsi dans l'aquarium. Dieu merci, s'ils s'intéressaient à moi de la sorte, ce n'était qu'à cause de ma sale tronche. En d'autres occasions, je n'aurais pas manqué de profiter de leur stupide état de contemplation pour leur chiper quelque chose, mais sur le moment je n'avais vraiment pas le cœur à pratiquer ce genre de sport. J'avais agi comme un débutant. J'avais perdu mon sang-froid. J'avais tout simplement bousillé un type. Je me demandai avec angoisse si, de loin, les témoins de l'agression avaient distingué mes traits. Une tête comme la mienne ne s'oublie pas facilement. Je décidai de prendre le large sans tarder et de trouver une bonne planque. Heureusement, j'avais d'excellents amis dévoués qui me faciliteraient la tâche.

J'arrivai chez moi, à Suresnes. Mon petit pavillon se tient à l'écart et je n'ai pratiquement pas de voisins immédiats. Par chance, j'étais momentanément sans maîtresse et je me félicitai de cette solitude. Il n'eût plus manqué que la présence d'une nana pour compliquer les choses. La fille m'aurait posé des tas de questions emmerdantes et se serait sûrement étonnée de mon teint anormalement pâle (je venais de me regarder dans une glace et j'étais encore moins jojo que d'habitude). Je filai dans la salle de bains et nettoyai le couteau. Les flics allaient peut-être faire une enquête chez une flopée de couteliers pour savoir à qui l'on avait vendu des surins à cran d'arrêt. Le porte-à-porte, qu'ils appellent ça. Manque de pot pour ces messieurs, j'avais acheté cette lame à un Nord-Africain, sous le manteau, un an plus tôt à Barbès. Le schlass nettoyé, astiqué, briqué, je le rangeai dans l'armoire, sous une pile de liquettes. J'examinai une fois de plus mes vêtements, soigneusement, en prenant bien mon temps. Pas la moindre petite tache suspecte. J'allai dans la salle à manger et mis la radio. Europe donnait les informations. Le bulletin de dix-neuf heures, copieux en faits divers. Mais on ne parla pas du parc de Saint-Cloud. Il était un peu trop tôt. Le téléphone rouge n'avait pas fonctionné.

Je me mis à réfléchir. Il était fort possible, après tout, que les témoins du crime n'aient pas vu mes traits. Ayant recouvré mon calme, je jugeai qu'une fuite sans laisser d'adresse eût été un peu prématurée. Un bon alibi était nettement préférable. Je songeai immédiatement à mon vieux copain Gustave Mardot, pickpocket lui aussi (sur champs de courses exclusivement) et qui ne refuserait pas d'aider un confrère et ami dans la mélasse.

Je téléphonai à Gustave. Malheureusement, il n'était pas chez lui et je me souvins qu'il y avait une nocturne à Vincennes. Sa mère me suggéra de rappeler vers minuit. Après tout, rien ne pressait. J'irais le voir le lendemain matin.

*

Vers six heures, après une nuit pratiquement blanche, j'allumai la radio et attendis le bulletin d'informations. On ne tarda pas à annoncer :

— Le sénateur Henri Lassigaudie, ancien vice-président du Sénat, a été assassiné hier en fin d'après-midi dans le parc de Saint-Cloud. Il était un peu plus de dix-neuf heures, lorsque M. Lassigaudie terminait sa promenade quotidienne dans le parc de Saint-Cloud. Alors que le sénateur admirait tranquillement un massif de fleurs, un individu bizarre qui le surveillait depuis déjà un bon moment s'approcha de lui et, avec une maladresse ahurissante (là, je fus vexé), tenta de lui voler son portefeuille. Le sénateur Lassigaudie réagit aussitôt avec la plus grande énergie, essayant d'échapper à son antagoniste tout en appelant à l'aide. Quelques promeneurs qui se trouvaient là, alertés par ses cris, accoururent aussitôt pour lui porter secours. Hélas, ils arrivèrent trop tard et eurent tout juste le temps de voir le pickpocket exhiber un couteau à cran d'arrêt et en frapper sa victime à l'abdomen pour prendre la fuite immédiatement en direction de Ville-d'Avray. Moins d'une minute plus tard, le vice-président Lassigaudie succombait sans avoir dit un mot. Les témoins de ce drame révoltant — rappelons que M. Lassigaudie était un homme âgé de quatre-vingt-deux ans — ont pu fournir à la police un signalement assez précis de l'assassin dont le visage serait d'une laideur très caractéristique. Nous avons recueilli hier soir, pour notre bulletin de dernière heure, les déclarations de M. Lucien Gamardel, marchand de glaces au parc de Saint-Cloud, qui a assisté impuissant à l'agression.

— Monsieur Gamardel, vous vous trouviez au parc de Saint-Cloud au moment du drame ?

— C'est exact. Je rangeais la marchandise. Le

parc n'allait pas tarder à fermer et il n'y avait plus grand monde...

— Vous avez donc aperçu M. Lassigaudie ?

— Oui. Notez bien que je n'avais pas spécialement pris garde à lui... Ce n'est que lorsque j'ai entendu ses appels que...

— Vous avez donc vu l'agresseur ?

— Oui. Comme je vous vois en ce moment. Enfin, presque... Je me trouvais à environ une quinzaine de mètres... Je me suis précipité et je l'ai vu frapper le vieux monsieur à coups de couteau... Il a pris aussitôt la fuite. Évidemment, j'aurais pu me lancer à sa poursuite. Mais notre première réaction, à moi et aux autres témoins du drame, a été de chercher à porter secours à la victime. Mettez-vous à notre place... Ce pauvre homme perdait son sang en abondance... On pouvait peut-être encore le sauver, n'est-ce pas ? Et ma première idée a été d'appeler Police Secours. Je me suis précipité à la grille et j'ai averti un garde. On peut dire que le vieux monsieur a expiré dans mes bras, sans dire un mot.

— Pouvez-vous donner à nos auditeurs le signalement de l'assassin ?

— Mais parfaitement... De même que je l'ai donné à la police, ainsi que tous les autres témoins, d'ailleurs, quatre jeunes gens... Nous sommes tous à peu près d'accord pour décrire l'assassin. C'est un homme de taille moyenne... Trente ou quarante ans... pas plus... Ni gros ni maigre... Vêtu simplement... Un costume gris foncé, je crois... Là, rien de particulier. Mais c'est son visage ! Ah ! si vous aviez vu cette tête ! Il n'est vraiment pas beau, le gars ! Une figure à faire peur. Il avait des cheveux poil de carotte, tout ébouriffés. Un nez très long, m'a-t-il semblé, et recourbé, vous voyez... comme une sorte de faucille... Le teint jaunâtre... Pourtant, il n'avait pas le type méditerranéen... On est tous sûrs que ce n'était pas un Nord-Africain... Non, c'était bien un Européen... mais le teint maladif, vous voyez... Un menton très proéminent, en galoche... vous voyez... Une oreille décollée, très grande... Mais je ne me souviens plus si c'était la droite ou la gauche. Une toute petite bouche faisant la moue, comme ceci, vous voyez ?...

— En cul de poule ?

— Voilà. En cul de poule. Et des lèvres très rouges. Et un des témoins, une jeune fille, assure qu'il louchait. Ça, je l'ai pas vu, mais la demoiselle est formelle. Enfin, vous voyez... Une binette comme on n'en voit pas tous les jours... même à la télé...

Après avoir parlé d'un nouvel attentat à la bombe au pays basque, le speaker attaqua la politique étrangère. Je fermai le transistor.

J'allai me regarder dans la glace et critiquai avec véhémence mon abominable face de rat comme je ne l'avais encore jamais fait. Avec une tronche pareille j'allais être repéré en moins de deux et, pour ne pas tomber dans les filets des flics, j'allais bientôt être dans l'obligation de me balader avec un sac sur la tête ou être condamné à me terrer dans un trou pour n'en sortir que la nuit.

Je décidai tout de même d'aller acheter le journal pour voir si un portrait-robot avait été publié. (Mon forfait était important, il ne fallait tout de même pas oublier que j'avais tué un homme qui, à quelques voix seulement, avait failli être élu président de la République !) J'enveloppai le bas de mon visage d'un épais cache-nez et me coiffai d'un feutre que j'eus soin de rabattre le plus possible sur mes yeux, lesquels furent promptement cachés derrière des lunettes de soleil. Ainsi affublé, je me voûtai à dessein et, crachotant, toussotant, faisant semblant d'être grippé, je me rendis chez le plus proche marchand de journaux. Il ne put détailler mon visage et me tendit simplement le *Parisien*.

Un portrait-robot bien léché — face et profil — s'étalait en première page et je sentis un frisson désagréable me parcourir l'échine en constatant que c'était moi tout craché, une photo n'eût pas fait mieux.

L'ASSASSIN DU PARC DE SAINT-CLOUD. (J'avais droit à toute la largeur de la page !) *Le portrait-robot du tueur diffusé par la police. Après ce forfait révoltant, on s'attend que les députés suivent M. Guillemestre qui, voici huit jours, déposait un projet de loi tendant à appliquer la peine de mort aux assassins de personnes âgées, que la préméditation soit établie ou non.*

À Paris, je l'ai dit, les gens laids sont légion et

la proportion de têtes à massacre y est, paraît-il, beaucoup plus importante que dans n'importe quelle autre ville de France, mais pour tomber sur une gueule comme la mienne il fallait tout de même chercher un bon petit bout de temps. Et le portrait-robot était saisissant de vérité.

J'étais cuit. Non seulement j'allais être obligé de me cacher, de rester coincé dans un trou comme un rat traqué, mais l'exercice de ma profession qui exige que je me mêle aux foules — m'attaquer à un type isolé m'avait joué un sacré tour ! — m'était désormais interdit. Des habitants, des commerçants de mon quartier n'allaient certainement pas tarder à se souvenir qu'ils m'avaient aperçu dans les parages et en informer les flics. Heureusement, je n'avais pas de voisins immédiats et on ne viendrait pas de sitôt m'importuner chez moi. Mais si les poulets décidaient de fouiller toutes les maisons du quartier et frappaient à la porte de mon pavillon, j'étais bon comme la romaine. Je devais déguerpir sans tarder et ne plus remettre les pieds chez moi. Si l'envie me venait de prendre racine dans mon petit intérieur, je me ferais épingler tôt ou tard. Avec une tête comme la mienne, j'étais déjà en danger de mort. La meilleure solution semblait être de quitter Paris et même la France. Les flics allaient s'acharner à mettre la main sur moi. La victime n'était pas le premier venu. Sans le vouloir, je m'étais attaqué à un gros bonnet. Outre un petit plan du parc de Saint-Cloud (l'allée par laquelle je m'étais enfui, le massif de fleurs, les amoureux, le marchand de glaces, la victime et moi marqués d'une croix), le journal publiait la nécro du mort, un vrai panégyrique. Ancien Vice-Président du Sénat. Ancien Ministre des Finances. Ancien candidat à la Présidence de la République. Grand médaillé de la Résistance. Un des principaux chefs des maquis pendant la Dernière Guerre. Déporté à Dachau. Président de la ligue pour le soutien à l'enfance handicapée. Nombreux amis influents. Cote de popularité très élevée. Et la famille, qui déclarait déjà faire appel à Badinter pour la partie civile ! Je ne me voyais pas tellement dans le box des accusés en face d'un lascar de cette envergure ! Je maudis une fois de plus ma mère de m'avoir donné une tête pareille après avoir fauté avec ce type qui gagnait sa vie dans un cirque, phénomène animateur de la baraque des horreurs, et sortis ma valise dans laquelle je fourrai pêle-mêle quelques effets de première nécessité.

Le cache-nez me dissimulant le visage du nez au menton, lunettes noires, chapeau rabattu, col de l'imperméable relevé, je quittai mon pavillon, probablement à tout jamais. Je sortis ma voiture du garage et pris la direction d'Aubervilliers, où créchait mon copain Mardot, en souhaitant tomber sur le moins de feux rouges possible et arriver chez mon pote sans avoir attiré l'attention. Toutefois, malgré ma hâte, je roulai très prudemment, à la papa, sans dépasser le quarante-cinq à l'heure, dans la hantise d'avoir un accrochage avec un autre véhicule.

Mardot me reçut dans son petit logement sans prétention et me servit un grand verre de rouge dans l'espoir de me remonter, puis il se mit à m'engueuler comme du poisson pourri en me traitant de tous les noms. Pour les voisins, ce n'était pas grave. Ils ne comprenaient qu'à peine le français. C'étaient des Arabes et des Maliens. En plus de la fauche, Mardot — c'était un peu sa couverture — tenait un foyer d'immigrés. Moi, ma couverture, c'était l'achat et la revente de ferraille. J'avais un petit hangar au pont de Courbevoie, où était entassé mon matériel. Mais je n'y mettais presque jamais les pieds. C'était juste un en-cas. D'un ton ordurier, Mardot me reprocha vertement d'avoir failli aux plus élémentaires devoirs des pickpockets, d'avoir insulté la profession tout entière en commettant un meurtre stupide, en faisant une bêtise de jeune. Il s'étonna qu'un artiste manuel de ma classe pût être assez con pour trimbaler sur lui un couteau à cran d'arrêt et m'assura que le plus immoral des faucheurs se trouvant sur la place de Paris ne me pardonnerait pas d'avoir versé le sang. Si je me faisais pincer, c'était à coup sûr l'opprobre sur toute la corporation.

Tout ce qu'il pouvait faire pour moi — et je ne devais pas m'en plaindre — c'était m'indiquer l'adresse d'un type qui, moyennant une quinzaine de millions anciens — soit la presque totalité de mes économies —, me ferait un autre visage et me fournirait des faux papiers. Je n'avais pas le choix. Ma bobine impossible m'interdisait le franchissement de n'importe quelle frontière. Et avec Interpol, je ne serais pas plus tranquille à l'étranger. J'étais marron. À coup sûr, tous les douaniers possédaient mon signalement.

Mardot m'assura que le gars qui me ferait volontiers un nouveau faciès était un champion, un artiste hors de pair, exceptionnel, génial. Et Mardot n'avait pas pour habitude de distribuer inconsidérément les compliments. Il m'expliqua que le type en question, chirurgien esthétique de grand talent, avait été viré de la profession à la suite de services rendus entre 1945 et 1950 à quelques dignitaires nazis fatigués de leur gueule et désirant en changer en vue de leur fuite aux Amériques ou même de leur réinsertion chez eux, en Allemagne. Maubrillard — c'était le tripatouilleur de visages —, dénoncé, avait fait cinq ans de maison centrale puis s'était rangé en réussissant à se faire oublier. Il avait changé d'identité — de Raymond Caubry il était devenu Éric Maubrillard — et exerçait ses indéniables talents en rendant service à des gens de la pègre qui, recherchés, désiraient changer de visage. Lui aussi, pour échapper à d'éventuels témoins de son passé délictueux, avait quelque peu modifié ses traits. Une note dans un dossier de police signalait qu'on le croyait en Amérique du Sud. Il vivait près de la frontière suisse, dans le Jura, aux environs de Morez, dans un grand manoir dont il avait transformé les caves en salle d'opération et, se faisant passer pour éleveur de chevaux, jouissait de l'estime de tous ses voisins qui étaient à des lieues de connaître son passé et de soupçonner ses activités clandestines.

Mardot donna un coup de fil à Maubrillard et je me rendis en voiture à Morez.

*

Le manoir de Maubrillard se trouvait très en dehors de la ville, près du col de la Savine, à l'orée de la forêt du Mont-Noir, au fond d'un parc immense. Cette baraque avait dû coûter une petite fortune. C'était une bâtisse vieille d'environ un siècle, flanquée de dépendances, d'un petit pavillon de chasse, d'une grosse ferme transformée en résidence d'agrément et d'anciennes granges devenues des écuries. Tout autour du bâtiment s'étendaient, montant en pente douce vers l'épaisse forêt de sapins, des prairies verdoyantes bordées de haies, séparées par des barrières blanches, où allaient et venaient quelques chevaux de race. Naturellement, personne ne devait penser que le propriétaire d'un tel domaine s'amusait à charcuter la trombine des gens.

Maubrillard m'attendait. Il vint au-devant de moi, une main tendue. C'était un type d'environ soixante ans, mince et élégant, beaucoup d'allure, un visage un peu bosselé aux traits énergiques, la lèvre un peu dédaigneuse, les yeux noirs très scrutateurs, un peu, vue sous un certain angle, la physionomie de quelque samouraï. Ça ! le gars en imposait. Un je-ne-sais-quoi d'aristocratique dans toute sa personne. Je regardai sa main, plusieurs doigts étaient bagués. Il me demanda si j'avais fait bonne route. Il m'examinait avec un œil d'entomologiste, son regard courait sur mon visage, c'était très gênant. Pour lui, je n'étais pas un homme — mais une face, un portrait ! Je flairai en Maubrillard le fils de famille qui avait mal tourné et, par la force des choses, s'était quelque peu encanaillé. Ce qui dominait, dans sa physionomie, ce n'était pas tellement le côté « japonais », mais une sorte de méchanceté polie, de haute classe, d'implacabilité très froide. Il faisait un peu songer à un serpent.

Je me présentai.

— Avec votre fieffée gueule, dit-il, je vous aurais reconnu tout de suite. Les journaux de province, eux aussi, parlent de vous. À treize heures, on vous a vu à la télé. Avant Georges Séguy, mon cher ! D'entrée de jeu.

Il eut un petit sourire :

— Seulement... la célébrité n'est pas toujours commode. Venez. Un larbin rangera votre voiture.

Il me fit entrer dans la maison et je fus surpris par le contraste entre l'intérieur et l'extérieur de la demeure. Le salon était délabré, sale, miteux. Des cendriers énormes, remplis à ras bord de mégots, traînaient sur des meubles dépareillés. Les murs étaient décorés comme ceux d'une chambrée, on y voyait des nus féminins découpés dans des magazines spécialisés.

Maubrillard m'indiqua un fauteuil au siège à moitié crevé et nous servit des scotches. Je ne touchai au mien que du bout des lèvres, détestant cette odeur de punaise écrasée, mais je ne voulais surtout pas froisser le chirurgien, qui m'intimidait, et je m'efforçais de tordre la gueule d'un air satisfait. Il m'examinait toujours. Naturellement, j'avais ôté mes lunettes noires dès mon arrivée, baissé mon col et retiré mon cache-nez. Il avait allumé un lampadaire et j'avais la fiole comme sous les feux de la rampe.

Maubrillard prit sur une table un journal de la région où figurait le portrait-robot :

— Avec votre tête, mon cher, vous êtes fichu. Je ne vous donne pas trois jours pour être arrêté si vous restez dehors. Et vous n'allez pas vivre le portrait caché par des lunettes noires et un cache-nez ! Soyons sérieux. Ce qui n'arrange rien c'est que nous sommes tout près de la Suisse. La police, par ici, est donc plus vigilante qu'ailleurs... Ici, vous serez en lieu sûr. Je vous offre une nouvelle tête — du cousu main — et de nouveaux papiers d'identité parfaitement en règle. Ce sera l'affaire d'un bon mois. À la Toussaint, vous serez un autre homme. Vous resterez planqué ici, dans une chambre aménagée au sous-sol, et vous n'en sortirez pas avant d'avoir une nouvelle physionomie. Cette chambre-là, ici, on l'appelle le mitard. Croyez-moi, ce local est moins désagréable que le mitard des prisons ! Vous aurez un visage tout neuf. Vous ne vous reconnaîtrez même pas. Ce n'est pas une modification que je vous apporte, mais une métamorphose. Vous n'êtes pas fiché... mais la police a dû fouiner chez vous... Donc, je m'occuperai quand même de vos empreintes digitales... Chez moi, vous ne manquerez de rien. Je sais trop ce qu'il en coûte d'être traqué ! Je suis passé par là avant vous, mon cher. Vous serez logé, nourri et blanchi. L'opération sera délicate mais ne comportera aucun risque sérieux. Naturellement, vous devrez dire adieu à votre actuel visage et ne point le regretter... détruire si possible toutes les photos de vous *actuellement* qui sont en votre possession... Ce sera plus prudent... Celles qui sont en d'autres mains, s'il y en a, eh bien, ma foi... Ce n'est pas grave. Vous direz donc adieu à votre actuelle physionomie. Entre nous, sans vouloir vous froisser, ce ne sera pas une grande perte. Si vous faisiez du cinéma, je ne dis pas... Mais ce n'est pas le cas. Votre nouvelle physionomie sera totalement différente et, bon gré mal gré, il vous faudra l'adopter. Vous détiendrez quelques photos de vous *nouvelle version*... photos jaunies, vieillies à dessein... on vous fournira tout ça... La construction de votre passé, si vous préférez... Il faudra donc vous habituer à vos nouveaux traits et vous en contenter. Je tiens à vous prévenir et à vous mettre en garde : après l'intervention, les conneries devront être terminées pour vous. Il vaudra mieux ne pas rejouer au petit soldat. Une seconde opération serait impossible. Le visage humain n'est tout de même pas un bloc de pâte à modeler. On refait une gueule une fois. Pas deux. Même sur un animal, la chose est irréalisable. Si l'on est vicieux et si l'on insiste, on n'obtient plus qu'une bouillie indéfinissable, quelque chose de pratiquement monstrueux tout juste bon à vous reléguer au niveau des gueules cassées, et encore ! Vous m'avez parfaitement compris, je pense. Mardot m'a dit que vous étiez un ami... et que vous n'étiez pas très riche. J'en ai pris note et, bien que le fait de travailler pour des indigents me soit extrêmement pénible et désagréable, j'ai accepté de m'occuper de vos traits uniquement par gentillesse vis-à-vis de ce bon Mardot qui est un vieil ami et qui m'a jadis rendu des services, aux heures les plus pénibles. Pour vous, ce ne sera donc que quinze millions. Anciens, bien sûr. Mais dites-vous bien une chose : le travail sera aussi soigné que pour un payant... Parce que vous conviendrez avec moi que payer mes services — j'y mets autant de tripes qu'un Berlioz qui vous crée une symphonie, un Renoir qui vous peint un *Déjeuner sur l'herbe*, un Balzac qui vous torche un Goriot ou un Le Corbusier qui vous dessine un quartier neuf — que payer mes services quinze millions est une vulgaire et pitoyable plaisanterie dont il vaut mieux ne pas parler... D'habitude, c'est cent millions. Non seulement il y a ma patte, mais songez aux risques que je prends ! Pour moi, si mes talents sont découverts, ce n'est pas l'Académie française ou l'entrée d'honneur de l'Opéra, mais Fleury-Mérogis ou La Talaudière ! D'ailleurs, je travaille beaucoup moins... et il est rare que je fasse plus de trois portraits dans l'année. Disons que vous avez de la chance. Avez-vous l'argent ?

— J'ai un peu plus de quinze millions en banque.

— Bien. Naturellement, vous n'avez pas retiré cet argent ?

— Je n'en ai pas eu le temps.

— Embêtant... Je n'aime guère les chèques... Vous allez me faire immédiatement un chèque de cent cinquante mille francs au porteur. Je vais faire retirer ces espèces sans tarder. Vous me réglez d'avance. C'est à prendre ou à laisser. Mais vous pouvez avoir confiance, je suis un honnête homme. Qu'est-ce que je fais de mal, après tout ? J'essaie d'aider de pauvres types traqués à s'en sortir... Il n'y a pas un animal qui fait cela ? On appelle ça un saint-bernard, je crois. Faites-moi le chèque tout de suite, comme ça on n'en parlera plus.

Je sortis mon chéquier. Quinze briques. Non, tout compte fait. Pas quinze briques. Il restait sur mon compte exactement 165 080,10 Frs. Seize millions anciens plus cinq cent mille balles et des poussières. J'en profiterais pour retirer la presque totalité : quinze millions plus une brique et demie pour moi, argent liquide dont j'aurais grand besoin en partant d'ici. Je le dis à Maubrillard, puis lui remplis un chèque de cent soixante-cinq mille francs au porteur. Il l'examina et sortit. J'entendis un conciliabule dans la pièce voisine, la porte de communication étant restée entrouverte. Il devait charger un de ses larbins d'aller toucher le fric. Il revint vers moi :

— Laissez votre verre et suivez-moi.

Il me précéda dans un grand bureau en désordre et d'aspect aussi crasseux que le salon. Sur un rayon, des bouquins. Je déchiffrai quelques titres : *Écrits de Sushruta, père de la chirurgie hindoue. Les autoplasties, de Nélaton et Ombredanne. De curtorum chirurgia per insitionem, de Gaspare Tagliacozzi...*

Il tira un tiroir pour y prendre une clef. J'eus le temps d'apercevoir, au milieu de paperasses, un pistolet. Il claqua le tiroir et, clef en main, alla ouvrir un classeur métallique encastré dans le mur. Il en sortit un énorme album à couverture en cuir. Il m'entraîna devant un guéridon, m'invita à m'asseoir, posa l'album devant moi et me pria de le feuilleter. Je me mis à en tourner les pages. Debout, penché sur moi, il se mit à commenter les illustrations figurant dans l'album. Des illustrations d'un genre un peu spécial, puisqu'il s'agissait plus exactement de photos de visages de face et de profil, semblables à celles que les flics collectionnent dans leur service de l'Identité judiciaire. Les photos qui se trouvaient sur la page de gauche avaient chacune leur réplique — de face et de profil également — sur la page de droite. En réalité, il s'agissait là d'une réplique quelque peu travestie puisque, comme me l'expliqua Maubrillard, tandis que les photos ornant la page de gauche de l'album étaient celles de certains de ses anciens clients *avant*, celles qui se trouvaient collées sur la page de droite représentaient les traits de la même personne, mais *après*. Entre chaque photo, il y avait le diabolique coup de bistouri du maître.

Je tournai les pages, effaré des prodiges accomplis par le chirurgien esthétique. Je vis successivement, à gauche, la photo d'un visage qui rappelait celui de James Cagney devenu, à droite, une face qui évoquait vaguement celle de Jacques Chirac ; à gauche, un honorable sosie de Fernandel transformé, à droite, en une sorte de Louis Jouvet du tonnerre de Dieu ; à gauche, un visage semblable à celui d'Alain Delon, parfaitement régulier, balayé d'une façon ahurissante, à droite, par la physionomie ricanante d'une sorte de brute aux traits épais.

Du grand art.

Page de gauche : de face et de profil — le même individu —, un jeune homme blond de type suédois, aux traits fins et aux yeux morts. Page de droite : de face et de profil, une bouille de gorille blafard aux yeux incandescents.

Page de gauche : un visage en lame de couteau, aux traits émaciés, au teint basané, aux yeux clairs. Page de droite : le même bonhomme ayant hérité d'un teint laiteux, d'un regard sombre et de bajoues !

Page de gauche : la face plate, large, riante, au nez petit et rond d'un jeune homme très brun. Page de droite : le même disque lunaire, mais couperosé, avec des yeux au regard méchant sous des sourcils touffus, un nez énorme, camus, garni de verrues...

À gauche : une tête de séminariste. À droite : le gars, vieilli de dix ans et devenu catcheur.

Je tournai encore quelques pages, m'extasiant sur cette galerie de métamorphoses diaboliques. Maubrillard commentait, assez fier de lui :

— À gauche, voici Constantini, le gangster marseillais, trois fois condamné à mort... Le voici à droite. Les cheveux noirs et crépus sont devenus des cheveux blonds soyeux. Le nez busqué est devenu un nez grec. Les yeux noirs sont devenus bleus et plus petits, les paupières nettement plus lourdes. Les sourcils épais et fournis ont disparu pour laisser place à ces deux petites touffes de poils en forme d'accent circonflexe. Les lèvres épaisses et lourdes sont devenues minces et bien dessinées, plus pâles aussi... Les oreilles décollées sont devenues normales. Le double menton empâté a fondu au soleil pour faire place à ce menton rond et délicat qui ne déparerait pas une miniature du XVIIIe. Tournez la page... Voici Chauffel, l'assassin de Bordeaux, qui brûla vives ses deux filles et ne fut jamais retrouvé. Et pour cause. Regardez cette gueule de cauchemar ! Les Nazis n'auraient même pas voulu de lui pour garder un camp de concentration. Il leur aurait fait peur. Et admirez la transformation à droite : une figure d'ange et il a rajeuni de dix ans. Si mes renseignements sont bons, il coule actuellement des jours paisibles au Liban.

J'étais absolument estomaqué. Maubrillard était un véritable génie du bistouri. Un artiste incontestable. Au service du mal, certes, mais un artiste tout de même. Un docteur Moreau pour gibiers de potence. Il avait sans conteste une patte extraordinaire. Abandonné à son scalpel, à ses instruments de magie, j'allais certainement me retrouver sous peu avec une physionomie totalement différente de celle que je promenais actuellement.

Je tournai encore quelques pages. Maubrillard, infatigable, m'abreuvait d'explications :

— Voyez, à gauche, ce blond au visage d'aigle, au type germanique très prononcé. C'était Kammerfeld, le célèbre chef SS. Cela m'a pris six mois, mais regardez, à droite, ce que j'en ai fait : ce petit Français moyen joufflu au teint coloré et au nez d'amateur de bon vin. Ma plus belle réussite, je crois. Je ne ferai jamais mieux. Actuellement, Kammerfeld — qui parle notre langue sans aucun accent — exploite une petite crémerie du quartier Plaisance, à Paris. On le prend pour un authentique Bourguignon. Il a pourtant fait assassiner plus de dix mille personnes et dans des conditions particulièrement atroces. Certains le croient en Amérique centrale. Beaucoup s'imaginent qu'il est mort dans les Ardennes, début 45... Ce pauvre Wiesenthal le fait rechercher en Égypte et au Soudan...

Je regardai le virtuose du scalpel :

— Vous êtes un as, monsieur Maubrillard. J'ai peine à croire que les photos de gauche et celles de droite sont...

— Il s'agit pourtant des mêmes personnes. Soyez-en certain. En chirurgie plastique, l'on peut faire beaucoup de choses. De grandes choses. Il suffit d'oser... et d'avoir le consentement et la confiance aveugle du client.

Je voulus regarder d'autres photos, mais Maubrillard me prit l'album des mains :

— Cela suffit. Vous en avez vu suffisamment. Savez-vous que je n'aurais pas dû vous laisser regarder ces photographies, ni vous les commenter ? Vous comprenez, il s'agit du secret professionnel... Mais je vous ai jaugé... et je sais que vous garderez cela pour vous.

Cette blague ! Maubrillard avait tout simplement envie de se faire admirer. Sans plus. D'ailleurs, c'était humain. En me laissant feuilleter son album de chefs-d'œuvre, il n'avait absolument pas été question pour lui de me faire une fleur. Il l'avait bel et bien fait dans le but de m'épater. Honnêtement, je dois avouer qu'il y avait pleinement réussi. Je restai comme deux ronds de flan devant de tels prodiges. Je n'aurais pas cru que de pareilles réussites soient possibles en chirurgie plastique. Certaines personnes dont j'avais jugé jusqu'alors l'imagination un peu enfiévrée affirmaient sans rire que des gars comme Hitler ou Bormann étaient encore en vie et se la coulaient douce quelque part dans le monde après s'être fait refaire la binette depuis la racine des cheveux jusqu'au menton. Depuis que je connaissais Maubrillard, j'étais prêt à leur donner raison. Aujourd'hui, Hitler était sans doute mort, mais il n'avait certainement pas cassé sa pipe à cinquante-six piges. Il n'y avait rien d'étonnant à ce que Maubrillard ait vendu ses services à quelques Nazis pourchassés. Il avait dû faire du beau travail, là aussi, sur le plan chirurgie faciale s'entend, bien sûr.

Je me demandai quelle tête Maubrillard allait bien pouvoir me faire. Il se remit à m'examiner attentivement comme s'il me voyait pour la dernière fois. Il me coinça le visage dans l'étau de ses mains et reluqua ma face, longuement, faisant aller ma tête de droite à gauche. Il fixa sous son arcade sourcilière une sorte de lentille de verre biconvexe, genre de loupe comme en ont les oculistes et, allumant une grosse lampe à pied dont il me braqua le faisceau lumineux sur le visage, m'éblouissant, il se mit à me détailler tout à loisir. Il m'inspecta ainsi le portrait pendant cinq bonnes minutes, me pétrissant une joue, me tirant le nez, le pinçant, m'écartant les lèvres par les coins de bouche, puis éteignit la lumière.

— Votre visage se prête admirablement à la transformation, conclut-il. Un bon terrain...

Il me palpa encore les joues, me donna quelques petites tapes sur le menton, m'enfonça un ongle dans le lobe d'une oreille, tâtant le « terrain »... J'avais l'impression d'avoir la tête en caoutchouc.

— Vous verrez. Vous ne vous reconnaîtrez même pas. Le résultat sera étonnant.

— Quel genre de visage me voyez-vous ? hasardai-je.

Il se mit à tourner autour de moi, les mains jointes, doigts tendus, les yeux levés vers le plafond, comme en proie à une formidable inspiration :

— Je *sens* déjà vos prochains traits... Je vois... Je vois... un nez... euh... Mais n'anticipons pas. Je vous l'ai dit : pour moi, vos traits actuels se révèlent être un merveilleux terrain de travail. Du gâteau. Une pâte exceptionnelle. (Il se mit à rire de bon cœur.) Mon scalpel va gambader là-dedans comme un petit fou !

Je considérai longuement Maubrillard en frémissant imperceptiblement.

*

Maubrillard me conduisait au sous-sol, dans la chambre du client, le « mitard ». La pièce était spacieuse, propre et aménagée de façon confortable. Seul point noir, il y faisait assez sombre. Il n'y avait pas de fenêtre et l'air pénétrait par un vasistas qui donnait sur le couloir. Mais il ne fallait pas trop en demander et, tout compte fait, c'était tout de même mieux qu'une cellule à la Santé. Je ne devais pas perdre de vue que Maubrillard me cachait et que ma présence dans sa maison devait passer le plus possible inaperçue. Il n'y avait dans la pièce ni poste de radio ni téléviseur mais, rangés sur des rayons, de nombreux bouquins, surtout des policiers, et de copieuses piles de magazines. Si le courage de lire me prenait, le temps passerait assez vite.

Le soir, Maubrillard vint lui-même m'apporter mon dîner, très solide car je lui avais dit que j'avais jeûné à midi : du pâté de lapin et du saucisson sec, un osso-bucco avec des spaghetti, une salade aux noix, du fromage de chèvre, des prunes et un morceau de tarte aux framboises plus une bouteille d'Arbois rouge chambrée à point. Je m'installai à une petite table qui se tenait au pied du lit. Il me regarda manger puis sortit de sa poche un journal du soir plié. Il l'ouvrit. Le portrait-robot y figurait en première page, plus grand encore que celui publié dans les éditions du matin. La caricature était atrocement ressemblante. Des tas de gens, à l'heure actuelle, devaient être en train de se remémorer ma trombine.

— Le filet se resserre autour de vous, fit Maubrillard. Les flics ont de bonnes raisons de croire que vous habitez Suresnes. De nombreuses personnes ont témoigné vous y avoir vu à plusieurs reprises. D'ici à vingt-quatre heures, si ce n'est déjà fait, la police aura mis le doigt sur votre identité. Je vais vous faire établir de nouveaux papiers. Ce sera facile. En partant d'ici, vous serez quelqu'un d'autre.

Il plia le journal et alluma une cigarette :

— Au fait, j'ai votre argent. L'agence B.N.P. de Morez n'a pas fait d'histoires. Seize millions et demi anciens. Tout est correct. Maintenant, nous pouvons y aller.

Je terminai de mâcher mon morceau de tarte et lui réclamai le million et demi qui me revenait, étant donné que le coût de l'opération s'élevait comme convenu à quinze millions tout rond. Il parut surpris et me répliqua sèchement qu'il gardait le tout et que, dans l'affaire, il était encore largement perdant. L'Arbois m'avait-il échauffé le sang ? Toujours est-il que j'arrachai la serviette de mon cou, me levai et protestai avec vivacité. Il me répondit que si je désirais prendre la porte il ne me retiendrait pas. Bien sûr, je pouvais aller trouver les flics et les mettre au courant de sa petite cuisine, mais, ayant descendu un type comme Lassigaudie, j'étais mûr pour la guillotine ou la réclusion criminelle jusqu'à l'âge de soixante-dix ans. Mieux valait m'abstenir. Maubrillard se sentait fort. Il savait que je n'irais pas le dénoncer et que, tant que j'aurais ma figure de pot de chambre sur les épaules, je ne bougerais pas de sa baraque. C'était seize millions et demi ou rien. Je dus m'avouer vaincu et, dégoûté, laissai le bout de tarte qui me restait dans mon assiette à dessert.

Je passai une très mauvaise nuit, hantée par des cauchemars. Les cauchemars du gars qui a trop bouffé, certes, mais aussi et surtout ceux d'un criminel activement recherché. Le lendemain matin, ma toilette expédiée dans le lavabo qui était dans la chambre, Maubrillard m'apporta un pot de café que j'avalai en vitesse puis me conduisit dans une chambre noire où il prit plusieurs clichés de ma binette. Un jour prochain, je figurerais moi aussi dans son horrible et merveilleux album, parmi les gangsters et les chefs SS. Drôle de voisinage, pour un malheureux pickpocket.

*

Quelques jours s'écoulèrent. Les journaux ne parlaient que de moi. Si j'avais eu la chance de tuer un vulgaire quidam, on m'aurait sans doute déjà oublié. Mais un gars comme Lassigaudie ! J'avais droit à plusieurs colonnes. Certains, en raison de la personnalité de la victime, retenaient l'hypothèse de dessous vaguement politiques. Ça y était. J'étais démasqué. Les manchettes clamaient en caractères gras :

MARIUS NORVEL, L'ASSASSIN DE M. LASSIGAUDIE, DEMEURE INTROUVABLE.

L'agresseur du sénateur n'ira certainement pas loin. Sur tout le territoire la police s'emploie à le rechercher, suivant les ordres énergiques de M. le ministre de l'Intérieur. Les frontières, les gares, les aérodromes, les ports font l'objet d'une surveillance rigoureuse et ininterrompue. Grâce au portrait-robot publié dans nos colonnes et dans celles de nos confrères, et diffusé à la télévision, le tueur au couteau a pu être identifié rapidement. La préméditation semble d'ores et déjà être retenue. Le malfaiteur, ayant longuement observé le sénateur avant de l'attaquer, n'a pu — ne fût-ce que quelques instants — que préparer son mauvais coup. Les amis, les collaborateurs, la famille de M. Lassigaudie, grand médaillé de la Résistance, les parents des enfants handicapés dont il s'occupait avec une charité et un dévouement exemplaires, crient justice, et le message réprobateur du Président de la République ne peut que...

Avec une meute pareille, si je mettais le nez dehors, j'étais bon comme la romaine.

Les jours passaient et Maubrillard ne s'occupait toujours pas de moi. Je finis par perdre patience le jour où les journaux annoncèrent : *La Taunus de Norvel retrouvée dans un fossé de la forêt du Mont-Noir près de Saint-Laurent-en-Grandvaux, dans le Jura. Actives recherches de la police dans la région.*

Je protestai auprès de Maubrillard qui n'avait pas trouvé mieux que d'aller abandonner ma bagnole dans la forêt toute proche. Il admit qu'il avait commis une petite erreur et reconnut qu'il aurait dû incendier le véhicule et en jeter les débris dans quelque ravin inaccessible, ou aller le perdre à des centaines de kilomètres de la région — ou tout simplement le laisser dans son garage. Il me pria de cesser de gémir. Je n'avais pas à me tracasser. Il était trop bien considéré dans le coin pour que les flics viennent lui chercher des noises.

Je demeurai dans ma piaule à me morfondre. Les bouquins ne me disaient rien. Il y avait une flopée de polars dans lesquels il n'était question que de crimes tous plus noirs les uns que les autres, pas du tout le genre de littérature à me remonter le moral. Je me barbais à cent sous de l'heure. Je parcourais les journaux d'un œil languissant. En politique, c'était toujours du déjà vu, rien d'original, ça ne pouvait guère intéresser que les spécialistes. Il ne se passait rien d'extraordinaire. La morte-saison. Le monde semblait en léthargie. Carter et Brejnev se roulaient presque des patins. C'était la paix chaude. Et pas le moindre petit scandale. Rien à signaler dans l'intimité sexuelle des familles royales. Faute d'un meilleur morceau, les journaux se rabattaient sur moi, le pauvre petit tueur à face de cul de singe. Certaines feuilles à sensation publiaient ma vie privée — plus ou moins imaginaire, construite avec des ragots de pipelettes de ma rue, à Suresnes, d'anciens copains de régiment ou de vagues cousins de la main gauche que je n'avais pas revus depuis ma plus tendre enfance —, et Dieu sait comment, ces messieurs avaient découvert que j'étais kleptomane. Je me mis à avoir une sainte trouille que les flics se mettent à fourrer leur sale nez de fouille-merde dans le milieu des pickpockets et, à force de recherches, réussissent à établir que j'étais un copain à Mardot. Ils allaient cuisiner Mardot et ce connard allait lâcher le morceau, leur révéler ma retraite.

Il fallait que je change de tête sans tarder. Il y avait urgence. Maubrillard me faisait un peu trop lanterner. Je lui exposai mon problème et il me rit au nez. Il m'expliqua que Gustave Mardot était un type sûr. Il ne dirait rien aux flics si ceux-ci l'interrogeaient. Mardot jurerait ses grands dieux que je lui étais totalement inconnu. Et puis, ajouta Maubrillard, si j'étais si pressé je n'avais qu'à prendre la porte, ici on ne retenait personne. Il n'était pas aux pièces. Il trouvait un peu fort de café que, logé, nourri, blanchi, pouponné pour la modique somme de seize millions et demi, avec, pratiquement, déjà dans ma poche un fabuleux bulletin de sortie : un nouveau visage, je me mette à regimber, à critiquer, à élever la voix et à foutre le bordel dans sa maison. Des clients comme Ferguzzio, le tueur napolitain et Léo le Catalan — assassin de onze personnes dont deux policiers —, qui avaient payé chacun cent millions pour se faire refaire le portrait, étaient restés chez lui durant plus de trois mois, sages comme des images, sans faire le moindre bruit, osant à peine respirer, si bien qu'on aurait pu entendre voler un moucheron dans la maison. Et moi, petit trou du cul de banlieue, petit monsieur insignifiant qui allait avoir la chance de pouvoir changer de tête pour une somme misérable, je gueulais plus fort que tout le monde.

Je rabaissai mon caquet et lui demandai posément si oui ou non il allait enfin se décider à entreprendre le ravalement de ma bouille. Je lui rappelai que je n'étais pas chez lui pour y faire une cure de sommeil mais pour m'y faire refaire le portrait et lui signalai que je trouvais le temps un peu long sauf son respect. Il m'expliqua d'un ton doctoral qu'il étudiait toujours mes traits, d'après les photos qu'il avait prises de ma tirelire, et que ce n'était pas du jour au lendemain qu'on pouvait préparer une opération de ce genre. Il convenait de se montrer extrêmement prudent et de ne pas se lancer au hasard dans une si délicate transformation, sous peine d'aboutir à un résultat déplorable, à un gâchis sans nom.

Je patientai encore quelques jours. L'étude durait un peu trop longtemps. La coupe allait déborder, je le sentais. Quelles ne furent pas ma surprise et ma colère quand Maubrillard m'annonça que, tout compte fait, il ne pouvait en aucun cas me rendre un service d'une telle importance — me sauver la vie, en fait ; me remettre au monde — pour une somme si ridicule. Miné par l'attente et par la réclusion forcée, j'avais les nerfs à fleur de peau. Abasourdi par ce revirement inattendu, je lui sautai à la gorge et, de rage, tentai même de l'étrangler. Il se saisit d'une cravache qui traînait sur son bureau et m'en flanqua plusieurs coups violents sur le visage. Il corsa cette correction d'un furieux coup de genou au creux de l'estomac et me laissa sur le carreau. Tandis qu'il posait la cravache et rajustait son nœud de cravate, je me passai une main sur le visage et la ramenai pleine de sang. Il me regarda sans haine, plus serpent que jamais. Il ne semblait pas du tout avoir goûté ma velléité de révolte. Un rictus déforma ses lèvres et il me traita de petit salaud.

Le soir venu, je m'introduisis dans son bureau. Je savais qu'il était occupé dans son laboratoire. Je me souvenais qu'il y avait un pistolet, dans un tiroir. Je mis très vite la main dessus. J'attendis et, lorsqu'il entra dans la pièce, je le menaçai de l'arme, la braquant sur lui. Je lui donnai l'ordre de m'opérer dans les plus brefs délais. Je ne savais plus ce que je disais. J'étais à bout de nerfs. Je n'en pouvais plus. Il reconnut volontiers l'état de tension dans lequel je me trouvais, le déplora, me pria de me calmer et de poser le pistolet. Je lui tendis l'arme, m'affalai dans un fauteuil, prêt à chialer comme un môme. Il remit l'arme dans le tiroir, s'approcha de moi, me tapota paternellement l'épaule et me servit un porto. Il me supplia de demeurer stoïque. Bien sûr, il était pleinement conscient des moments désagréables que j'étais en train de vivre, mais ce n'était qu'un mauvais moment à passer, bientôt je pourrais revoir le soleil en homme libre et dégagé de tous soucis et ce n'était nullement pour me contrarier qu'il me faisait poireauter de la sorte. Enfin, il m'annonça qu'il me ferait passer dans la salle d'opération le lendemain.

*

Le lendemain, avant de me conduire dans son laboratoire, Maubrillard m'apprit qu'il avait mes nouveaux papiers d'identité.

— Vous voyez, je ne perdais pas mon temps comme vous le croyiez, dit-il.

Il m'emmena dans son bureau et me montra les pièces. La photo seule manquait.

— D'ici à un petit mois, votre photo sera collée là-dessus et nous la couvrirons d'un petit cachet. Vous ne serez plus Norvel Marius, né le 30 mai 1937 à Paris, artisan ferrailleur, domicilié 5, rue des Haies à Suresnes, mais Alain Albert — Albert, nom de famille — né le 8 avril 1935 à Alençon, exerçant la profession de marchand de meubles et domicilié à Paris, 45, rue Faidherbe. Voilà. Ne cherchez pas à comprendre. Si nous vous avons fait cadeau de cette nouvelle identité, c'est parce qu'elle est des plus plausibles et qu'elle vous ira comme un gant. De toute façon, vous n'avez pas le choix. Si, pour une raison quelconque, un jour ou l'autre, la police vous demande vos papiers, vous n'aurez pas à vous affoler. Les flics n'iront pas vérifier si vous habitez ou non à cette fausse adresse, purement accessoire d'ailleurs. Vous pourrez très bien avoir quitté ce domicile depuis un bon bout de temps et avoir complètement négligé de faire inscrire votre nouvelle adresse sur votre carte d'identité. Même chose pour la profession... Mais passons. D'autre part, prenez garde : vous n'avez plus quarante ans, mais quarante-deux ans.

Il me montra d'autres paperasses :

— Voici votre livret militaire. Classe 55. Voici votre carte d'électeur, votre passeport. Sans photo pour le moment. Elle viendra, ainsi que le sceau de la Police générale. Permis de conduire... Carte de Sécurité sociale... Avec ces papiers, vous serez tranquille. C'est du travail admirable et sans bavures. Je vous les remettrai au moment de votre départ...

Il fourra le tout dans une grande enveloppe bulle qu'il cacheta et enferma dans un tiroir de son bureau.

— Naturellement, le permis et la carte de Sécurité sociale, c'est pour la forme... Vous les perdrez si ça vous chante... et les ferez refaire... Le nécessaire a été fait à la Préfecture et au siège de la Sécurité sociale... Les papiers, les dossiers concernant un nommé Alain Albert auront été perdus... Ça peut arriver... Mais là, je me perds dans les détails. À présent, si j'ai un bon conseil à vous donner, une fois votre visage retapé, ne restez pas dans la région parisienne. Filez dans le

Midi ou au diable et refaites-vous une existence. Abandonnez ce ridicule gagne-pain : pickpocket... Évitez de vous créer de nouveaux ennuis. Vous reviendrez de loin, ne l'oubliez pas. Et je le répète : on refait un visage une fois, Norvel. Pas deux.

*

Après avoir consulté une dernière fois les journaux et constaté que le portrait-robot avait fait place à une de mes photos d'identité les plus ressemblantes, je passai dans le cabinet chirurgical de Maubrillard. Il m'avertit que la première phase de l'opération durerait six ou sept heures. Mais je ne souffrirais absolument pas. La période de cicatrisation seule me vaudrait peut-être quelques désagréments. Mais il n'y aurait pas de quoi se rouler par terre. Je pourrais tenir le coup sans trop de mal. Il y aurait sept ou huit séances et je devrais garder la face complètement bandée, dans l'obscurité la plus absolue, les yeux recouverts de tampons d'ouate et de bandelettes. L'alimentation qui me serait octroyée serait des plus succinctes. Je devrais me contenter, durant trois semaines environ, de bouillon de légumes, de confitures et de yogourts. Mes mâchoires seraient immobilisées à quatre-vingts pour cent et je devrais me nourrir du bout des lèvres, et même à l'aide d'un chalumeau. Un petit supplice à supporter. Au besoin, on me fortifierait avec des injections de sérum. On n'allait pas me refaire une beauté comme ça. Pour être « beau », il me faudrait souffrir un peu. Durant quelques jours, mes joues — pour ne prendre que cette partie de ma figure — n'allaient plus être que deux plaies à peine cicatrisées.

De tout cela, je me foutais éperdument. C'était le salaire du salut.

*

Maubrillard, revêtu d'une longue blouse blanche, me fit enfiler une sorte de camisole qu'il me noua autour du cou. Il m'invita à grimper dans un fauteuil qui me fit penser à un siège de salon de coiffure ou de cabinet dentaire. Il m'inclina la tête en arrière, le cou maintenu dans une sorte d'étau métallique dont le froid au contact de ma peau me fit sursauter. Il me lia les bras aux accoudoirs du fauteuil, à l'aide de sangles de cuir. Il me braqua une grosse lampe sur la bouille et l'alluma. Je clignai des yeux, ébloui. J'entendis un cliquetis d'instruments chirurgicaux et je tressaillis imperceptiblement. Il me demanda, la voix douce, de ne pas avoir peur. C'était tout à fait le dentiste avant l'extraction d'une molaire. Il se mit à me laver le visage et une désagréable odeur d'éther me chatouilla les narines. Il me contempla un instant, puis, me déclarant que l'anesthésie était nécessaire, prépara une seringue hypodermique

*

À mon réveil, je ne voyais plus rien. Le noir absolu. Je me rendis compte que j'avais le visage entouré de bandelettes et ces saletés de chiffons me comprimaient la face. Pas un pli de ma binette ne pouvait remuer. Un paquet de plâtre autour du portrait ne m'aurait pas fait un effet plus désagréable. Je devais avoir l'aspect de l'homme invisible redevenu visible.

— Je suis auprès de vous, me dit gentiment Maubrillard.

Fort heureusement, je pouvais l'entendre. Les bandages devaient éviter mes oreilles.

— La première phase de l'opération a parfaitement réussi. Soyez confiant.

— Où suis-je ?

— Dans votre chambre.

— Je ne sens rien... À part quelques picotements et ces bandages qui me serrent les tempes et les os maxillaires à me les broyer.

— Trois mauvaises semaines à passer. Pas plus. Peut-être un peu moins. Lorsque je vous retirerai ces pansements définitivement, vous pourrez partir. Libre. Bon. Écoutez-moi bien. Je vous décris votre nouveau visage... tel qu'il sera à la fin de votre séjour, définitif. Naturellement, plus de cheveux roux. Nous n'en voulons plus. Quant à ce menton en galoche, nous allons l'envoyer au diable. Plus de nez en forme de faucille. Plus de teint jaunâtre. Les lèvres ne seront plus en cul de poule et auront une forme plus heureuse. Tous ces signes particuliers désagréables se seront envolés.

Je lui demandai — et je n'avais pas du tout envie de rire — si je loucherais encore.

— Bien sûr que non. Ce sera d'ailleurs la phase la plus difficile de la série d'opérations...

— Vous n'allez pas me dire que... que je serai beau ?

Il éclata de rire :

— Ne vous faites point trop d'illusions. Vous serez toujours laid, mais différent. Ah ! à propos de votre strabisme, j'ai omis de vous préciser une chose... Une chose très importante. Pour plus de sûreté — et, dans un visage, le regard c'est tout —, je vous... Surtout, ne sautez pas en l'air ! Vous n'en mourrez pas. Je vous... Je vous supprime un œil.

Un gros ressort jaillissant sous mes fesses ne m'aurait pas fait sauter plus haut sur mon siège .

— Quoi ? Qu'est-ce que vous dites ?

Je sentis sa main se poser sur mon épaule.

— Allons ! Calmez-vous et restez assis. Ne tremblez pas comme une femmelette. D'ailleurs, en ce qui concerne l'œil, *c'est déjà fait.*

Je restai pantelant, comme assommé. Je sentis que, entre les mains de ce cinglé du bistouri, je n'étais plus qu'un pantin sans défense. Le salaud ! Il avait osé ! Et sans me consulter ! Et moi, l'idiot, j'avais déboursé plus de quinze briques — tout mon bas de laine — pour me faire crever un œil !

— Oui, dit-il. J'ai dû supprimer un œil. Le gauche. Et cela s'est fait dans les conditions les plus satisfaisantes. Une énucléation épatante. C'était absolument nécessaire, mon vieux. Votre strabisme... très gênant... pour vous, certes, mais aussi pour les autres, ne l'oubliez pas... ne pouvait disparaître d'une autre façon. Je ne pouvais décemment pas vous retirer l'œil droit pour vous le mettre à gauche et l'œil gauche pour vous le mettre à droite. Les yeux ne sont pas des jouets, mon cher, et la chirurgie plastique n'a rien à voir avec le jeu du diablotin. Vous serez borgne ! bien ! la belle affaire ! mais méconnaissable et libre. J'ai longtemps pesé ma décision avant d'agir ainsi, croyez-le bien. Je ne m'amuse pas à priver les gens d'un organe vital pour mon plaisir. C'est cela, la véritable chirurgie faciale. Il faut être audacieux. Presque tous auraient renoncé... Moi pas. Mais je ne vais pas vous faire un cours. Surtout, ne vous faites pas d'idées fausses — l'imagination est bien souvent mauvaise conseillère pour peu que l'on ait un peu tendance à voir les choses en noir — et chassez toute inquiétude éprouvante de votre esprit, vous y verrez aussi bien. Question d'habitude. L'œil valide est excellent, Dieu merci.

— Tout de même, perdre un œil...

J'étais là assis comme un con, à me passer une main sur ma face bandée, à la hauteur de l'œil gauche, manquant aux dernières nouvelles.

— Mon cher ami, je vous le répète, je n'avais pas le choix. Et j'insiste pour vous affirmer que ce n'est pas pour mon plaisir que je vous ai chipé un œil. Pensez aux pauvres bougres qui ont perdu le leur à la guerre — les deux, parfois ! —, sur un champ de bataille, frappés à la face par un éclat d'obus... Que de souffrances endurées par ces malheureux ! Vous, vous n'avez rien senti. Je vous ai fait ça proprement. Scientifiquement. Pensez aux gueules cassées...

Si je comprenais bien, il me cassait la gueule pour seize millions et demi.

— Soyez raisonnable. Ou je vous change le visage ou je ne fais rien. Après une étude très approfondie de votre masque, j'ai dû me résigner à agir de la sorte. Votre regard, tel qu'il *était*, avait un aspect beaucoup trop caractéristique. N'oubliez pas que vous louchiez d'une façon épouvantable.

Je l'entendis allumer une cigarette.

— Bien. Je continue ma petite description. Comme je vous l'ai dit, votre nez inesthétique disparaîtra. Je pense procéder à la rhinoplastie lors de la seconde phase. Vous vous retrouverez avec un nez beaucoup plus petit et — qui sait ? — assez élégant. La face sera toujours ovale. Là, pas question de changer quoi que ce soit. Vous serez totalement chauve. Un beau crâne rond et lisse. Vous n'aurez qu'à porter une coiffure... Un béret... Ça vous ira très bien.

J'étais sidéré. Complètement sur le cul. Non content de me ravager la balle, de me crever un œil, le sagouin allait me scalper !

Il rit :

— Une vraie boule de billard. Vous voyez ça d'ici ? Envolés à tout jamais, ces affreux cheveux poil de carotte. Ils ne repousseront plus. La calvitie à vie assurée. Œil — je dis bien *œil* — noir. Lèvres larges et épaisses. Ces lèvres seront refaites grâce à de la chair prélevée sur votre vilain nez en bec d'aigle. Menton court, rond et fendu. Oreilles normales et droites. Conclusion, vous serez borgne, chauve, vous aurez toujours une physionomie... disons ingrate, mais vous serez libre et vous pourrez dormir sur vos deux oreilles.

*

Les phases suivantes de la grande opération se déroulèrent sans incidents. Alors qu'une pareille opération pratiquée dans n'importe quelle clinique de chirurgie plastique eût duré trois ou quatre mois, Maubrillard allait bâcler la petite rigolade en deux coups de cuiller à pot. Explication : j'étais son seul client, il ne travaillait que pour moi et consacrait de nombreuses heures à la retouche de mon portrait, personne n'attendait son tour dans le salon des consultants. En outre, ses procédés de cicatrisations devaient certainement être un brin révolutionnaires. Maubrillard était un sacré drôle de bonhomme et la science officielle perdait là un génie.

Entre chaque séance de charcutage, Maubrillard, complaisant, me lisait les journaux, le transistor qui était dans ma chambre étant resté sans piles et la télé interdite au pauvre aveugle provisoire que j'étais. La tête enveloppée de bandes, les yeux — je veux dire l'œil — sous un pansement, j'écoutais avec stoïcisme sa lecture. La police poursuivait toujours ses recherches, avec opiniâtreté. On ne m'oubliait absolument pas. On remuait tout Paris pour me retrouver. Une piste qu'on avait crue sérieuse avait été abandonnée au pays basque, une autre près de Grenoble. On avait cru me voir à Bruxelles et la police belge s'était mise de la partie. Un journal satirique prétendait que, le gouvernement ayant quelques ennuis avec un partenaire africain, on se servait de ma bonne tronche pour distraire la galerie. Il n'en restait pas moins que je risquais gros, la guillotine ou la ratière jusqu'à la sénilité. J'avais toujours droit à la une dans les trois quarts des journaux et on était très près de me coller sur le paletot l'assassinat particulièrement sauvage de deux petits vieux, quatre mois plus tôt, dans le Val-d'Oise. J'étais le tueur au couteau, l'homme qui s'attaquait aux personnes âgées. Le gibier de potence en or. La plupart des photos de moi trouvées dans mon pavillon par la police étaient étalées au grand jour. On semblait persuadé, en toute dernière nouvelle, que je me terrais dans la région parisienne et un divisionnaire de la P.J. venait d'affirmer que, avec une tête comme la mienne — même que le flic avait dit ça en se marrant presque —, on me sauterait sur le poil dès que je sortirais de mon trou. Tous ces braves gens semblaient ignorer qu'il existe des chirurgiens esthétiques.

— Les flics ne vous trouveront jamais, affirma Maubrillard en pliant *L'Aurore*. Ne vous en faites plus. Vous pourrez vous promener en plein jour sur les grands boulevards ou sur la Canebière sans avoir à redouter quoi que ce soit.

*

Trois semaines s'écoulèrent. Maubrillard m'annonça la fin de mon calvaire. Il déroula les bandelettes et retira mes pansements. Je fis remuer mes muscles faciaux pour les dégourdir. La lumière du jour m'éblouit. Je clignai... de l'œil. Je portai timidement mes mains sur ma face. Je palpai un étrange relief, inconnu de moi. Je n'avais plus de menton, plus de nez... enfin, presque. Mon crâne était parfaitement lisse, d'une nudité qui me parut indécente. Mes oreilles étaient droites. À la place de l'œil gauche, j'avais une cicatrice sur laquelle mon index tremblant effectua un lent va-et-vient.

Maubrillard me prit par les épaules et me conduisit devant un miroir. Je titubai, n'en croyant pas... *mon œil.* Je reculai légèrement, effaré, devant mon nouveau visage, abasourdi à la vue de ce que j'étais devenu, de ce que Maubrillard avait fait de moi. Je m'appuyai à un meuble. Je voyais dans le miroir un visage inconnu. Certes, j'étais aussi laid qu'avant et ce ne serait sûrement pas avec cette nouvelle trombine que je remporterais un prix de beauté. J'avais toujours ce qu'on appelle une figure de pot de chambre. Mais le faciès de Marius Norvel avait disparu. Désormais, j'étais Alain Albert. J'avais sur les épaules une drôle de bouille. J'étais aussi chauve que Yul Brynner. J'avais le teint fleuri d'un type qui ne crache pas sur le bourgogne. J'étais borgne, l'œil gauche fermé à jamais, recouvert d'une assez vilaine cicatrice. J'étais bon pour le bandeau noir à la Moshe Dayan. J'avais un petit nez retroussé, « à la parisienne », un menton rond, menu et fendu. Mon oreille droite n'avait pas changé. La gauche, un peu rognée, n'était plus décollée et se tenait bien droite le long du rocher. Mes lèvres n'étaient plus en cul de poule, mais larges et épaisses, de belles lèvres de Nègre. En somme, j'étais toujours peu gâté par la nature question portrait, j'aurais toujours beaucoup de mal à plaire aux femmes, mais ma nouvelle binette ne figurait pas dans les fichiers de la police. Mon portrait-robot, ils pouvaient d'ores et déjà se torcher le chose avec. J'allais pouvoir vivre en liberté, peinard, sans avoir à redouter les flics. Il était fort probable que, dans la rue, des gens se retourneraient toujours sur ma sale trogne, cela ne faisait pas l'ombre d'un pli, mais cette curiosité de badaud mal élevé ne se manifesterait qu'à la vue d'une gueule amusante et pas comme les autres. Ce ne serait nullement sur un assassin que ces bonnes gens se retourneraient. Et puis, disons-le, j'étais quand même *un peu moins* laid.

J'étais tellement emballé par ma tête toute neuve que, pour un peu, je me serais jeté au cou de Maubrillard pour l'embrasser. Je me maîtrisai et me contentai de lui serrer la main avec vigueur tout en le remerciant de m'avoir fait une si belle fiole.

Il m'invita à prendre quelques heures de repos, aussi pour aérer mon visage. Je m'exécutai. Je dormis comme un petit ange. À mon réveil, il me conduisit dans la chambre noire où il prit plusieurs clichés du portrait qu'il m'avait fabriqué. J'allais figurer en bonne place dans l'album. Ensuite je retournai dans ma chambre et il me servit un repas complet. Il me regarda manger, attentivement. Je pus mastiquer une entrecôte sans le moindre mal. Tous les plis de mon nouveau visage tenaient le coup. Maubrillard m'annonça que j'aurais mes papiers d'identité avec photo et tampons le lendemain matin, ainsi que quelques autres photographies de moi, personnelles, et vieillies à dessein. J'arrosai mon repas de nombreux verres d'Arbois jaune. Maubrillard trinqua avec moi. Alors que je terminais de manger ma banane, une douce torpeur m'envahit. J'avais sommeil. Maubrillard m'apprit qu'il avait versé une drogue dans la sauce des œufs au vin que j'avais mangés en entrée. Il était indispensable que je dorme encore, longuement. J'avais besoin d'un bon repos. Je me mis à nouveau au pieu et

Maubrillard me souhaita bonne nuit. Je dormis comme une souche. Le lendemain matin, mon café avalé, je préparai ma valise. Maubrillard me conseilla de me débarrasser de mes quelques effets marqués à mes initiales M.N. Désormais j'étais A.A. J'empochai mes nouveaux papiers ainsi qu'un billet de cinq cents francs remis gracieusement par Maubrillard pour mes frais de route et, sur le coup de dix heures, je pris congé. Maubrillard me raccompagna jusqu'à la porte du vestibule et, sur le parcours, je m'aperçus que le salon, dans lequel je n'avais jamais remis les pieds depuis mon arrivée, était complètement vide. Des morceaux de paille traînaient sur le plancher sale, comme après un déménagement. Deux ou trois vieilles caisses gisaient dans un coin. Maubrillard ouvrit la porte. Au-dehors, devant le perron, un gros camion stationnait. Des meubles avaient été entassés à l'intérieur du lourd véhicule. Je m'en étonnai. Maubrillard m'apprit qu'il bazardait son mobilier. Il avait vendu le tout pour une bouchée de pain. Pendant que je poireautais sous mes bandelettes, il avait fait procéder au déménagement de sa baraque. Presque tout avait été enlevé. Il voulut bien m'expliquer que, s'estimant suffisamment riche, il avait pris la décision de quitter cette maison, un peu trop isolée à son goût, maison qu'il avait d'ailleurs mise en vente. Son billet d'avion était retenu. Il se retirait aux Canaries. Mais, après tout, cela ne me regardait pas. Je lui souhaitai bonne chance.

— Merci, mon vieux. Merci, « Alain Albert »... Et bonne chance à vous aussi. Courez de ce pas faire admirer votre nouvelle tête à Paris. Et si quelqu'un s'avise de vous *reconnaître*, je me fais hacher vivant en petits morceaux. Tenez... Je vais vous donner un tuyau... Soyez à Paris demain... Demain matin... Vous y serez... Plongez-vous dans une foule... Il y en aura une, justement, au cimetière du Père-Lachaise... Le chanteur Rexwell vient de se tuer en voiture... On l'enterre demain, justement... Au Père-Lachaise... On s'attend à une foule aussi grosse que pour Piaf ou Gabin... Allez vous mettre là-dedans... un bon bain de foule... Ce sera votre victoire, Norvel. *Notre* victoire.

— D'accord, m'sieur Maubrillard.

Je ris un bon coup et, contournant le camion, je m'engageai dans une allée du parc, vers la sortie, tournant définitivement le dos à cette ahurissante baraque.

*

Oui, un bon bain de foule. Je suivrais le conseil de Maubrillard et, après m'être débarrassé de la valise que m'avait donnée le chirurgien et que je jugeais encombrante — je la jetai sur un tas d'ordures, à l'orée de la forêt — je marchai d'un bon pas vers le village dans l'intention d'y prendre le car qui me conduirait à Morez où je sauterais dans le premier train pour Paris. Je n'avais pas parcouru cinq cents mètres qu'une voiture s'amena derrière moi, roulant lentement. Une 504 noire. Elle stoppa à ma hauteur. Un type frisé à l'air aimable la conduisait. Il se pencha vers moi :

— M'sieur Maubrillard a oublié... Vous n'allez pas vous taper le train... Je vais à Paris... Montez.

C'était un larbin du manoir. Je pris place à côté de lui. Il m'offrit une cigarette. La voiture se mit à foncer, attrapa bientôt la route de Lons-le-Saunier, puis, passé Beaune, l'autoroute. Vers Auxerre, la voiture tomba en panne. Le chauffeur se mit à fouillasser dans le moteur. Il était désolé. Pour la réparation, y en avait pour un petit bout de temps. Ça tombait bien, il avait un copain garagiste à Auxerre, et ça tombait encore mieux : ce copain pourrait nous héberger pour la nuit, vu qu'il fallait compter vingt-quatre heures de travail pour remettre le véhicule en état de marche. Si ça me disait... Mais j'étais libre de prendre le train... J'étais un peu fatigué... pas très en forme, tout à coup... J'en vins à me demander si Maubrillard ne m'avait pas encore mis une drogue dans mon café... Je dis au chauffeur que je restais avec lui. Il m'expliqua qu'il avait à tout prix besoin de la voiture parce qu'il ne s'arrêtait pas à Paris mais allait dans le nord de la Belgique. Auxerre était tout près. Il avait laissé la 504 au bord de l'autoroute et on se tapa une borne à pied pour atteindre Auxerre. Le garage était à l'entrée de la ville. Le copain nous reçut très bien puis se mit au volant de sa dépanneuse pour aller chercher la charrette. On nous donna à manger puis je m'enfermai dans une chambre où je dormis comme un loir jusqu'au lendemain matin au petit jour. On reprit la route. J'étais en forme. On entra dans Paris vers huit heures et le gars frisé me laissa à proximité du Père-Lachaise.

Maubrillard ne s'était pas trompé. Il y avait foule. Des grappes de badauds se dirigeaient vers le grand cimetière pour assister aux obsèques du chanteur à la mode. Je me mêlai sans attendre à cette foule, heureux d'être libre et d'avoir une tête sans histoire. Une assez sale gueule, oui, mais une gueule d'innocent. Une foutue trombine, tout de même, car des gens ne tardèrent pas à me dévisager. Avec insistance, même. J'étais décidément voué à la figure de pot de chambre pour le restant de mes jours. Mais cela m'était complètement égal. Des gens se retournaient de plus en plus sur moi et des mères qui avaient emmené leurs gosses avec elles serraient ceux-ci contre elles... Que se passait-il ? Ressemblais-je à Croquemitaine ? Des gens se chuchotaient quelque chose à l'oreille... La foule me portait à l'intérieur du cimetière... C'était noir de monde... Une vraie pagaille... Des jeunes filles piétinaient des tombes en courant... La foule semblait se diriger vers le colombarium... Sans doute que le pauvre gars allait se faire incinérer... Quelques gardiens de la paix s'efforçaient de canaliser la foule... Et moi j'avançais toujours... Je me demandai, après tout, ce que j'étais venu foutre là-dedans... Et toujours des gens qui me reluquaient... Tout d'un coup l'inquiétude s'empara de moi, surtout lorsque je constatai, sans risque d'erreur, que tous ces passants ne semblaient nullement *amusés* par ma face de clown, mais avaient l'air *effrayé... choqué...* J'avais pourtant changé radicalement de tête. Maubrillard avait fait du bon boulot. Sans bavures. Je m'étais regardé dans une glace. Dans mes nouveaux traits, rien ne clochait. Alors quoi ? Qu'avaient-ils à me reluquer de la sorte ? Étais-je donc *si* laid ? Un type passait avec un paquet de journaux sous le bras. La première édition de *France-Soir*, déjà sortie... J'en achetai un exemplaire, attiré par un titre énorme qui m'atterrit sur l'œil comme un coup de poing. En lisant ce titre, je sentis mon estomac dégringoler dans les bas-fonds de mes entrailles et mon cœur sauter comme un grelot.

Oui, un titre noir et hurleur bondit contre *mon œil* :

**LE MONSTRE RESTE INTROUVABLE.
ALAIN ALBERT, LE TUEUR D'ENFANTS,
A-T-IL QUITTÉ LA FRANCE ?**

Le fou étrangleur, le démon de la pleine lune, assassin en trois semaines de six enfants, est-il encore dans la région parisienne ?
Ce matin, au Père-Lachaise, devant une foule immense, ont lieu les obsèques du petit Patrice, sauvagement assassiné lundi dernier par l'effroyable tueur.

Et, sous ce texte écrit en enfer, une grande photo du tueur : Crâne chauve en forme de boule de billard. Borgne (pas d'œil gauche). Oreilles normales et droites. Petit nez à la retroussette. Menton menu, rond et fendu. Lèvres larges et épaisses, un peu négroïdes. Teint marqué de veinules, vraisemblablement couperosé. Moi ! Moi, Alain Albert ! ! !

Épouvanté, comme précipité dans un bain glacial, je me sentis chanceler... Le journal tomba de mes mains humides de sueur... et, mon cœur battant toujours la chamade, je compris tout. Maubrillard, que j'avais menacé avec le pistolet, n'avait pas du tout, en dépit des apparences, pris la chose du bon côté et s'était vengé avec une malignité sans nom. Alors qu'il était en train de s'occuper de mon portrait, profitant de la cécité provisoire qui m'interdisait la lecture des journaux — et le transistor soigneusement privé de piles —, il avait vu éclater dans la presse l'affaire de ce monstrueux sadique, identifié, et dont on publiait la photo. Profitant de ce que je me trouvais dans le noir le plus absolu, Maubrillard avait employé ses redoutables talents à faire de mon visage la *copie conforme* des traits de l'étrangleur fou, que la presse avait vraisemblablement diffusés dès les premiers crimes du monstre, en tout cas par portrait-robot si le dingue n'avait pas été tout de suite formellement identifié. Et l'ordure, ayant peur que je le dénonce, filait en ce moment vers une retraite sûre... soi-disant vers les Canaries... En réalité vers une tout autre destination qu'il s'était bien gardé de me révéler. Il disparaissait, le salopard, certainement sous une nouvelle identité. Les faux papiers, ça le connaissait ! Tout en me refaisant le visage, l'abominable pourri avait dû prier le bon Dieu pour que le sadique ne se fasse pas arrêter. Et il m'avait conseillé ce bain de foule... au Père-Lachaise... il m'avait jeté dans ce piège... et moi, pauvre idiot, qui avais marché...

Je ramassai le journal, le bras tremblant. En bas de page, je tombai sur un entrefilet ridicule : *Marius Norvel, l'assassin du parc de Saint-Cloud, définitivement introuvable. Le voyou aurait réussi à gagner l'étranger. La police contrainte d'abandonner les recherches.*

Cette blague ! Elle avait trouvé plus fort, la police ! Le tueur d'enfants avait relégué le pickpocket meurtrier — devenu, du coup, un *voyou* —, laissé pour compte, dans l'oubli et l'indifférence. J'étais archicuit. L'étrangleur de la pleine lune, comme on l'appelait, devait s'être planqué quelque part. Je ne voyais guère ce cinglé porter plainte pour usurpation d'identité et de physionomie. Il resterait bien tranquille dans son coin et se ferait oublier. Il s'adresserait peut-être à Maubrillard, tiens, pourquoi pas ?

La foule, menaçante, se met à m'entourer. Je veux faire demi-tour, mais impossible. Le chemin vers les sorties du cimetière est bloqué par des dizaines de grappes humaines. Je suis cerné. Des cris d'indignation, des menaces éclatent. Un grand type se jette sur moi et réussit à me prendre mon portefeuille. Il brandit mes papiers :

— C'est bien lui ! Le salaud...

Mes papiers... Mes faux papiers *parfaits*.

— Et il ose venir aux obsèques !

Une femme me gifle. Je mets mes bras repliés devant ma bouille toute neuve, comme un gosse qui veut se protéger...

La foule remue... hurlante... Il en vient de partout... La nouvelle se propage à toute allure... J'ai déjà presque tout le cimetière sur le dos... Des cris... Des gens accourent... Cinq, six, dix, quinze types se jettent sur moi... J'ai beau gueuler, ils ne m'écoutent pas...

— Je suis Norvel ! Je suis Norvel ! ! !

Tu parles !

Les coups de poing me martèlent la face. Ma pauvre petite gueule toute neuve est déjà en sang.

— On le tient, on ne le lâchera pas ! ! !

— Il n'ira pas se pavaner en taule aux frais du contribuable !

J'en ai quinze sur le dos. Miracle, je réussis à me dégager ! Trois flics accourus sur le lieu du carnage ont réussi à m'ouvrir un chemin... Je fonce à toute allure entre les tombes... la meute au cul... Ça hurle ! Quel spectacle ! J'en ai cinquante aux trousses... Je cavale de plus en plus vite... Mais au détour d'une allée, vingt, trente personnes surgissent et me barrent la route... Un vieux type lève sa canne... J'oblique sec à droite...

Je bondis sur une enfilade de dalles... On m'encercle à nouveau... Des sifflets d'agents retentissent... J'aggrave mon cas... Je devrais m'arrêter... essayer de m'expliquer... Tu parles ! Qui me croira ? Un type me fait un croche-pied et je plonge la tête la première dans une fosse fraîchement creusée... Je pousse un long hurlement de bête écrasée... Je lève la tête... Ils sont là-haut... Trente... Cinquante... Sûrement plus... Ils se sont armés de pelles, trouvées dans une baraque de fossoyeur... Et les pelletées de terre s'écrasent sur moi... Des paquets et des paquets de terre... J'en ai déjà jusqu'à la ceinture... On entend les sifflets des flics... Ils ne peuvent pas passer, c'est sûr... Ils n'arriveront pas à temps... On ne me... sor... ti... ra... de... là... que... que mort... Je... Je suffoque... Je... Le... Le noir... J'é... j'étouffe... Au sec...

*

Maubrillard se rendit dans un de ses petits salons. Il restait quelques meubles. Quatre fauteuils. Tous occupés. Par la famille d'Alain Albert. Sa mère... Ses deux oncles. Son frère. Le déshonneur de la famille — le monstre — était assis un peu à l'écart, sur une chaise. Il se décrottait les narines. Chauve. Borgne. Petit nez à la retroussette. Lèvres épaisses. Teint rosâtre. Il était vêtu d'un petit costume gris clair élégant. Et des gants blancs, s'il vous plaît ! Enlevés, soigneusement posés sur ses genoux.

Le frère du monstre ouvrit sa serviette, en sortit les liasses de billets : deux cents millions anciens.

— Le compte y est, docteur, dit-il.

Maubrillard prit les liasses, les tendit à un de ses larbins.

— Je vous ai fait tarif double, vous comprenez, dit-il. Toute cette affaire était pour moi très ennuyante... Étant donné que je ne me suis pas occupé du visage de votre frère mais de celui de quelqu'un d'autre... qui n'avait rien à voir avec cette triste histoire...

— Dis merci au docteur Maubrillard, Alain, dit la mère.

— Merci, docteur, murmura l'étrangleur.

Maubrillard en avait par-dessus la tête de cette famille ! Huit jours qu'ils étaient planqués chez lui, avec leur monstre...

— C'est vraiment l'année noire, pour mon pauvre frère, dit le gars qui avait payé. En janvier, cet accident de chasse... Il perd l'œil gauche... Et puis le... le drame...

— Il faudrait le faire soigner, dit Maubrillard, un peu écœuré.

— Quelques mois à l'abri... dans un chalet de haute montagne..., dit un des oncles. Le temps de se faire oublier... Et puis, avec ses faux papiers, il partira au Canada... Nous avons des amis, là-bas...

— Vous avez écouté les informations ? demanda l'autre oncle.

— Oui, soupira Maubrillard. Votre... votre neveu a été tué par la foule, ce matin, au Père-Lachaise. Ils l'ont enterré vivant.

— Mon Dieu ! fit la mère. Ce... garçon n'avait pas de famille, je crois ?

— Je ne pense pas.

— Il n'a sûrement pas eu le temps de souffrir...

— Nous n'avons pu éviter le déshonneur sur notre nom, dit un des oncles. Mais au moins, grâce à vous, docteur, notre cher Alain a pu être sauvé...

— Mais au Canada, dit Maubrillard, il serait tout de même préférable qu'il ne se montre pas trop.

— Tranquillisez-vous, docteur, dit la mère. Notre pauvre grand chéri sera à l'abri dans une grande et belle maison... isolée... dans une région presque sauvage... Il y sera soigné... et il n'en sortira pour ainsi dire pas... Il nous a fait une de ces peurs, ce voyou !

Elle se pencha sur le voyou et l'embrassa sur une joue.

— Et il nous coûte cher, ce cochon ! jeta un des oncles.

Maubrillard ouvrit son album. Sur la dernière page remplie figuraient les photos de Norvel *avant* puis *après*.

— Qu'allez-vous faire, à présent ? demanda Maubrillard.

— Nous reposer un peu, soupira la mère. Nous en avons bien besoin...

— À présent que l'affaire est terminée, la police ne nous ennuiera plus, ajouta un oncle.

Le frère soupira :

— Nous nous occuperons des obsèques de... ce garçon... Forcément... Les autorités vont nous donner le corps... Et nous le « reconnaîtrons »...

Il parut préoccupé et ajouta :

— Dites-moi, docteur... Je pense à une chose... Si la police examinait les empreintes digitales du... tué du Père-Lachaise...

— Ne vous inquiétez pas, cher ami. Norvel a de nouvelles empreintes. J'ai fait le nécessaire. Quant à celles de votre... cousin... enfin, de votre « frère », elles sont inconnues des services de police... M. Alain, n'est-ce pas, n'agissait que... ganté.

— C'est vrai, soupira le frère.

— De toute façon, avec le visage, les faux papiers... La police, croyez-moi, jugera ces indices suffisants. Pourquoi douterait-elle ? Critiqueriez-vous mon travail ?

— Bien sûr que non, docteur ! s'exclama la famille, en un touchant ensemble.

— Plus tard, je rejoindrai Alain au Canada, dit la mère.

— Moi je reste à Paris, dit le frère. À cause de l'usine de meubles, vous comprenez... Mais je me demande si nos clients, après cette histoire...

Maubrillard feuilleta un peu son album, revenant vers les premières pages. Il s'arrêta sur deux photos, face et profil, à droite. Deux photos d'Alain Albert. Il y avait une date : *Août 1967*. À gauche figuraient les photos face et profil d'Alain Albert avant la transformation faciale. Un visage de vieux jeune homme joufflu, gras, avec des bajoues. Un gros nez en pied de marmite. Des cheveux blonds bouclés. De gros yeux clairs à fleur de tête. Des lèvres minces. Et un nom : *Georges Parmigny*.

Georges Parmigny, fils unique de Jérôme Parmigny, des meubles de bureau Parmigny, ici présent, un des oncles, frère aîné de Mme veuve Hector Albert, la « mère » — en réalité la tante du monstre. En 1967, Georges Parmigny avait tué deux gardiens de la paix au cours d'un hold-up d'amateur dans une banque de Versailles. Un fils de famille dévoyé... Son père avait fait le nécessaire... Une adresse... Celle de Maubrillard... Le jeune tueur promis à la guillotine — son portrait-robot publié par la presse — avait été présenté au chirurgien. Le criminel ayant disparu de la circulation, la police avait classé l'affaire. Le père avait versé cent millions et Maubrillard avait transformé — visage et papiers d'identité — Georges Parmigny en Alain Albert, fils de la veuve Hector Albert qui, du coup, s'était retrouvée avec un nouveau rejeton à soixante et un ans... Rien n'était sorti de la famille... Il avait fallu raconter à ceux qui n'étaient pas dans le secret des dieux que Alain avait vécu dès sa plus tendre enfance en Argentine, chez un vague cousin du père... Une histoire insensée, comme il en existe au sein de certaines familles, et que l'on avait pu faire passer comme du bon pain...

Et dix ans plus tard, voilà que le marchand de meubles Alain Albert se lance dans une série de forfaits atroces...

— Je vous le redis, fit Maubrillard, l'air grave. Au Canada, M. Alain devra se tenir tranquille. On refait un visage une fois. Pas deux. Si je n'avais pas eu cet indigent sous la main...

— Les riches paieront, ricana le monstre.

Les vautours

Ils m'ont fait le même coup qu'à Stroheim. Quand j'ai quitté Hollywood, je n'avais pratiquement plus rien sur le dos, et j'étais exsangue, le corps flasque et la tête vide parce que dans ce film grandiose j'avais mis tout ce qui roupille dans un corps d'homme ordinaire qui se moque fichtre bien de raconter quelque chose à ses contemporains : âme, sang, tripes et matière grise. Il ne me restait plus rien. J'avais même mis beaucoup plus que ça : j'avais mis Dolly. Vingt-deux séquences avec Dolly. Je l'avais tirée de la masse minable et noire des figurants, où elle croupissait depuis six ans, sa jeunesse et sa beauté portées à vau-l'eau par ce flot anonyme de malchanceux, de ratés et de médiocres, la chair à caméra, la majorité ô combien silencieuse d'Hollywood, de Cinecitta, de Billancourt, de La Victorine, de Babelsberg ou de Staaken... Oui, j'avais sorti Dolly de ce fleuve triste, et j'en avais fait la plus belle, la plus chic actrice du monde. Vingt-deux séquences où elle étincelait des mille feux de sa beauté.

Ils m'ont tout fait sauter.

Ils ont tout coupé.

Tout.

Ils ont taillé dans mon cœur et dans ma tête à coups de ciseaux. De Dolly, dans ce film qui n'est plus mien, il ne reste plus rien, pas même une silhouette fugitive, pas même une ombre sur un pan de mur, elle n'a même pas eu droit à un arrière-plan ni à la tache pâle de son visage d'ange dans une foule. Zéro.

Je n'ai pas eu le courage moral d'aller regarder mon film mutilé, film charcuté dont il ne restait plus que 2450 mètres, rafistolé par quelque tâcheron d'Horizon Pictures. Dieu sait comment tout cela se serait terminé. Je me serais fait sauter le caisson dès ma sortie de la projection — ou j'aurais abattu Humberberry, le producteur, l'homme tout-puissant au cigare interminable entre les dents qui avait assassiné Dolly sur ma pelloche et dans mes rêves.

Harwing, de la *Saturday Review*, m'a tout appris au bar *Chez Pedro*.

— Ils ont d'abord saqué six bobines, puis deux, puis quatre...

— Mais pourquoi ont-ils sucré tout ce qu'il y avait avec Dolly ? ai-je gémi, assommé, hagard et déprimé, en regardant au fond de mon verre mon whisky, sachant déjà que cette boisson allait, au fil des jours sombres qui m'attendaient, devenir ma compagne unique et de tous les instants.

— Humberberry prétend qu'elle ressemble

vraiment trop à Garbo... Et il n'a pas voulu laisser passer ça... La Divine est encore trop présente... Ceux qui le haïssent racontent que c'est parce qu'elle n'a pas voulu pagnoter avec lui... Mais c'est plutôt des affaires de fric, le tout assaisonné d'une trouille sans nom. Il aurait pu agir aux rushes... Mais il n'a pas levé le petit doigt. Indécision... Manque de courage... Que sais-je ? Il a peur de se mettre des tas de gens importants à dos. Peur de tout. Il lance à tue-tête que tu aurais dû exploiter ton histoire pour un roman et non pour en faire un scénario. Peur de la censure, peur des anciens combattants, peur des flics, de l'armée, du Ku Klux Klan, des familles catholiques, des ligues, peur des banquiers et de leurs larbins les politiciens, peur de la grande armée des cons, peur d'avoir peur... peur de la peur... peur de ceux qui ont peur...

Je n'entendais plus que ça. Le mot peur qui me tapait aux oreilles, que lâchait Harwing comme un leitmotiv, un son lancinant qui avait dû rythmer chaque coup de ciseau dans l'œuvre de ma vie.

Peur... Clac ! Peur... Clac ! Peur... Clac !

— N'oublie pas qu'Humberberry n'aime pas innover. Et puis c'est un foireux qui est à la botte des censeurs.

Et ils n'avaient pas coupé que Dolly ! La maison de mon enfance, en Lorraine — tout le décor des premières séquences —, y était passée elle aussi. Je ne la reverrais jamais. Elle avait été démolie depuis le tournage et je n'en avais plus aucune photo. Et même mon vieux chat Pilou leur avait déplu, allez savoir pourquoi ! On l'avait évincé du film. Et la pauvre petite bête était morte avant le dernier tour de manivelle.

*

Ils ont coupé tout ce que j'aimais, tout ce que je n'aurais pas dû faire revivre si j'avais su...

Les bobines confisquées, des montagnes de photos, des masses de pellicule, tout ça a été entreposé dans un hangar par Humberberry. Et une nuit, le hangar a brûlé. Il ne me restait décidément plus rien. Dolly — je lui avais juré de la tirer de sa misère et de sa crasse — ne m'a pas pardonné cet échec, semble-t-il. Elle m'a quitté. Très vite. Je ne l'ai jamais revue. Probablement est-elle restée figurante et on ne lui a pas redonné sa chance, ceux qui la ratent une fois ayant comme une marque de honte au front. Je ne sais pas.

Naturellement, le film amputé des six dizièmes s'est ramassé dans un fracas qui a secoué tout Hollywood. *Les Vautours*, considéré comme un chef-d'œuvre du septième art — dame ! toutes mes tripes, tout mon sang et tout mon amour s'y trouvaient ! — par les quelques professionnels sérieux qui l'avaient vu avant la décision hystérique de M. Humberberry, n'était plus qu'un pâle et interminable navet comme il en pousse tant dans nos malheureux studios.

Des centaines de milliers de dollars engloutis.

Les portes des sociétés de production et des studios se sont fermées devant moi, dans un bruit de fermeture de cercueil.

Je n'ai pas quitté Hollywood tout de suite. J'errais comme une cloche, dans mon falzar en tire-bouchon, ma chemise douteuse et mon veston lustré. Les anciens amis, les anciens collaborateurs m'évitaient, remerciant le ciel d'avoir mis deux trottoirs dans chaque rue.

Je me suis mis à picoler de plus en plus, puis j'ai déniché une place de gardien de nuit à Los Angeles. Je croupissais dans ma médiocrité.

*

Sept années ont passé. La guerre venait de finir. J'ai appris par hasard la mort de Dolly. Elle n'était jamais sortie de la figuration et s'était usée dans la drogue. Alors que j'avais été à un cheveu de faire d'elle une star ! Cet abruti dément d'Humberberry l'avait tuée ! Oui, il l'avait tuée. Il nous avait tués tous les deux !

Petite satisfaction : en même temps que la mort de Dolly, j'ai su que le maître d'Horizon Pictures, ruiné, avait été acculé à la culbute. Un suicide manqué, puis il avait disparu de la circulation. Je ne pus savoir ce que le sagouin était devenu.

*

1948... 1950... 1952...

Un soir de cafard, je suis entré dans une salle de sixième ordre, à New York, et j'ai assisté, des larmes dans la gorge, l'estomac noué par des lacets de fer, à une projection des *Vautours* amputés. Un gâchis épouvantable. D'abord, on n'y comprenait plus rien. Treize années s'étaient écoulées et ce n'était plus qu'un pauvre cadavre, un de ces films morts, poussiéreux, qui vont de salle en salle crasseuse, au fil des ans, pareils à des épaves sur un fleuve. Je ne sais si Stroheim pleura autant que moi lors de sa vision de la version mutilée de ses *Rapaces*, à la Cinémathèque de Paris, en 1950, aux côtés de Langlois qui avait insisté pour qu'il accepte de subir ce supplice.

Et dans ma tête a résonné la petite phrase de Stroheim, que j'avais lue dans un journal français :

« *Ce fut pour moi une exhumation : j'ai trouvé dans un petit cercueil beaucoup de poussière, une terrible puanteur, une petite colonne vertébrale, et un os de l'épaule.* »

J'avais trop de chagrin. J'avais trop mal.

J'ai quitté les États-Unis. Je suis rentré en France, mon pays natal.

En septembre 1954, j'étais dans la capitale, garçon d'ascenseur à l'hôtel des Arcades, rue de Rivoli. Oui, j'étais tombé assez bas, mais la vie a vite fait de vous coller un mauvais numéro dans le dos.

Tout a été très vite.

La chance m'a fait signe. Avis à vous tous, traîne-misère : il paraît qu'elle finit par se présenter à vous un jour, cette salope de chance ; et au moment où on s'y attend le moins ; mais prenez garde, bonnes gens des chemins froids et vides, ouvrez bien grands vos pauvres yeux miteux : elle passe très vite, très très vite, et sachez une chose : elle ne revient jamais.

Je vous l'ai dit : j'étais liftier dans un hôtel chic de la rue de Rivoli, dont la clientèle régulière était en majorité composée d'Américains aisés de passage à Paris.

Une nuit de septembre, l'hôtel brûla. Un incendie du diable, foudroyant. Comment m'y suis-je pris pour arracher aux flammes l'homme qui était bloqué dans l'appartement 21, sous les toits, alors que les pompiers n'étaient pas encore sur les lieux ? Je ne l'ai jamais su vraiment. Tout a été si vite. Les quatre autres clients coincés à l'étage y sont restés, ont péri, eux, et il en eût été assurément de même pour ce James Dickers si je n'étais pas intervenu. Je ne savais même pas qui était ce voyageur. Je l'ai cueilli dans le brasier. En titubant, et tandis que le plafond couronné de flammes s'écroulait en craquant, nous avons pu gagner l'escalier de service ; à demi asphyxié, l'homme pesait comme un énorme mannequin sur mon épaule. Avant de fendre la fumée rougeoyante, je n'avais pas choisi mon sinistré. J'aurais pu aussi bien porter secours aux occupants des appartements voisins. Seul le hasard, ce maître d'œuvre incomparable qui nous surprendra toujours, m'avait fait, si j'ose dire, frapper à la bonne porte. Mon comportement dans ce drame avait été on ne peut plus naturel. Eh bien non, pour James Dickers, j'avais été le plus pur, le plus admirable des saints, et il me jura qu'il ne l'oublierait jamais.

Il a très vite jugé que je n'étais pas tout à fait construit pour rester garçon d'ascenseur, bien que cette profession soit tout aussi honorable qu'une autre. Il m'a fait venir à Chicago. C'est comme ça que j'ai renoué avec l'Amérique. À quarante-cinq ans. Il m'a présenté à son père le vieux Benjamin L. Dickers, propriétaire de la puissante firme Dickers, les produits d'entretien, une des plus grosses fortunes des U.S.A. Le vieux Dickers m'a d'emblée traité comme un fils — voyons ! j'avais porté secours à son unique rejeton, et au péril de ma vie ! j'avais sauvé l'héritier ! Je suis devenu le patron des ventes de cette boîte géante. J'étais le numéro 5 de la maison dans la hiérarchie directoriale. Puis, en 56, James, toujours célibataire, s'est tué au Mexique, aux commandes de son petit avion de tourisme. C'est comme ça que le vieux Benjamin a fait de moi son bras droit, et c'est encore comme ça que, en 64, à la mort du magnat, je suis devenu son successeur, le maître absolu de la puissante firme de produits d'entretien. J'avais cinquante-cinq ans.

*

En avril 69, je me suis brusquement souvenu des *Vautours*. Oh ! je ne les avais pas complètement oubliés — comment l'aurais-je pu ? — mais ils étaient restés comme de vagues ombres très loin au fond de ma mémoire, tant de choses ayant défilé dans ma vie depuis lors !

Oui, le souvenir du film a brusquement éclaté dans ma tête.

Un pauvre type s'est présenté à notre bureau d'embauche. Il avait atteint la soixantaine. Une loque. Il cherchait du boulot depuis des mois et des mois. Il ne voulait pas crever. À l'embauche, il les a tarabustés comme c'est pas permis, s'est agrippé à eux pour obtenir un job dans nos bureaux, n'importe quoi, même pour classer des papiers ou faire des enveloppes. Il avait des certificats plein les poches. Il avait été aide-comptable pendant seize ans, mais coupable de combines indélicates, de malversations, de chinoiseries en écritures, ses patrons l'avaient jeté dehors.

Dorfets, mon chef du personnel, pris de pitié, m'a dit deux mots sur ce type :

— Ce n'est pas un garçon bête... C'est loin d'être un imbécile. Au début du parlant, puis dans les années qui ont précédé la guerre, il a été quelqu'un dans le cinéma. Un jeune et grand producteur plein d'avenir. Mais la chance l'a abandonné, et ma foi, il a rejoint le grand troupeau des obscurs... Jamais il n'a pu se remettre en selle. Il s'est lancé dans d'autres jobs, sans grand succès...

— C'est comment son nom, déjà ?

Mon chef du personnel a consulté une fiche :

— Edward Humberberry...

Alors, dans une lueur brève et cinglante comme la foudre, j'ai revu Dolly — ma Dolly — Dolly dans la vie et Dolly à l'écran —, la maison de mon enfance, mon vieux chat Pilou... Et puis une cataracte d'images s'est abattue devant mes yeux. Les séquences sabrées... La pellicule taillée en pièces... Et pour nourrir un peu plus ma rage ravivée, j'ai cherché dans la ligne programme du journal si on passait encore *Les Vautours* quelque part dans la ville. Une petite salle cradingue de la 22e Rue donnait le film mutilé. J'ai réservé ma soirée pour aller le voir. Je savais que, à la sortie, ma colère s'en trouverait décuplée.

J'ai répondu à Dorfets :

— Convoquez-le pour demain matin neuf heures à mon bureau. Je verrai ça moi-même.

Le soir, je suis retourné voir *Les Vautours*, dans le petit cinoche à deux ronds. C'était si loin, tout ça ! Je ne suis pas resté jusqu'à la fin de la version digest. Je suis parti vers le milieu de la séance, chaque plan sans Dolly — et où elle aurait dû être — me donnant l'impression d'une pièce vide et triste d'où l'on vient d'ôter un mort.

Le lendemain matin, j'ai reçu le miteux qui quémandait une place dans mes bureaux. M'a-t-il reconnu ? Je ne le pense pas. D'abord — un détail d'ordre administratif — en remettant les pieds aux U.S.A., en 54, j'avais, à la suite de démarches légales, changé de patronyme, histoire de rompre complètement avec mon passé de cinéaste dans ce pays et aussi de porter un nom à consonance américaine. Je n'étais plus Paul Nicoly mais Paul Haussermann (le nom de jeune fille de mon Alsacienne de mère). Ensuite, trente années avaient passé.

J'ai épluché pour la forme les certificats de l'ancien producteur de films. J'ai réfléchi un bon moment. J'ai eu envie de lui dire « On vous écrira », puis je me suis ravisé. Hésitant, en promenant un doigt ennuyé sur l'arête de mon nez, j'ai fini par lui sortir :

— Euh... Voyez-vous, vous pourriez faire l'affaire, cher monsieur Humberberry... Mais...

— Mais ? a-t-il demandé, anxieux.

— Accepteriez-vous de... de faire quelques coupures ?

Hébété, il a regardé autour de lui :

— Quelques... quelques coupures... Mais... où ça ?

— C'est que l'emploi que nous envisageons de vous confier nécessite certains aménagements qui...

Je lui ai étalé tout un baratin. Reniflant mes hésitations, démoralisé par mes chipotages, alarmé, il m'a supplié de le prendre, tout au moins à l'essai, a évoqué le chômage grandissant, son âge : bientôt soixante-deux ans, ses trois gosses, encore jeunes car il n'avait fondé un foyer que sur le tard, son épouse malade... Pour un peu, il m'eût supplié à genoux...

— Je suis plein de bonne volonté, vous savez, monsieur le président... Des coupures de quel genre ?

Il s'est mis à lorgner ses vêtements de confection, ahuri, a passé lentement ses mains ridées dessus...

*

Trois mois plus tard, animé par quelque malice, j'ai voulu assister à la stupéfaction de mon chef du personnel, dont les mines étonnées m'amuseront toujours. D'habitude, j'utilise au bureau mes toilettes privées, mais cette fois — et c'était sur le chemin puisque je me rendais aux archives — j'ai pris le long couloir B qui mène aux toilettes du petit personnel, aux côtés de Dorfets. Il y a là douze grands lavabos collectifs, vingt cabines de w.-c. pour les dames, vingt cabines pour les messieurs, un univers ripoliné où chantent quelques jets d'eau discrets. Nous nous sommes séparés à l'entrée des toilettes en question. Mais dès que Dorfets y est entré, je l'y ai rejoint, un prétexte aux lèvres :

— Euh... Il faut que je vérifie le travail des

plombiers, pour cette fuite... Je dois tout vérifier moi-même, depuis quelque temps...

Une masse informe vêtue d'un uniforme bleu marine, assise sur un tabouret, à l'entrée, nous a salués. Mon chef du personnel a sursauté puis m'a glissé à l'oreille, interloqué :

— Mais... N'est-ce pas là ce... ce type qui cherchait un emploi d'aide-comptable ?

— Exact. Mais il est bien mieux ici.

Et j'ai ajouté, rieur, vulgaire et canaille :

— À garder les chiottes.

— Mais... Il a eu un accident ?

Je n'ai pas répondu, j'ai haussé les épaules. J'ai vérifié brièvement la réparation effectuée par les plombiers puis je suis sorti des toilettes géantes sans accorder un seul regard à l'employé figé au milieu des âcres odeurs d'urine. Il a marmonné un autre « bonjour monsieur le président ». Je sais qu'avec l'unique bras qui lui reste il a soulevé avec déférence sa casquette à visière de cuir. Sa petite voiture de cul-de-jatte est rangée depuis ce matin dans le vestiaire. Un garçon de bureau l'aidera, ce soir, à se remettre dessus pour le retour au foyer. Il n'a plus qu'un œil. Plus qu'une oreille. Oui, il s'est montré raisonnable. Il a accepté de faire de nombreuses coupures. Je lui ai même indiqué une bonne clinique chirurgicale dans la 82e Rue.

*

J'en suis venu à croire qu'Humberberry avait fini par me reconnaître et que, torturé par un remords vieux de trente ans, il avait accepté du fond du cœur de se livrer pieds et poings liés à la justice immanente pour avoir la paix. Sait-on jamais ?

DU MÊME AUTEUR

Aux Éditions Gallimard

Dans la collection Série Noire

LE CASSE-ROUTE, *n° 1271.*

LA NUIT DES AUVERPINS, *n° 1292.*

LES MONTE-EN-L'AIR SONT LÀ !, *n° 1320.*

L'INCREVABLE, *n° 1353.*

DEUX POURRIS DANS L'ÎLE, *n° 1397,* réédité au *Rocher.*

LUJ INFERMAN' ET LA CLODUCQUE, *n° 1454,* réédité chez *Rivages/Noir.*

LES 5 MILLIARDS DE LUJ INFERMAN', *n° 1553.*

SI JAMAIS TU M'ENTUBES..., *n° 1666.*

LES CONGELÉS, *n° 1682.*

DES PERLES AUX COCHONNES, *n° 1719.*

*REFLETS CHANGEANTS SUR MARE DE SANG, *n° 1776,* Folio Policier n° 162.

LUJ INFERMAN' CHEZ LES POULETS, *n° 1795.*

FOLIES D'INFÂMES, *n° 1938.*

Dans la collection Carré Noir

LES MORFALOUS, *n° 206.*

LES 401 COUPS DE LUJ INFERMAN', *n° 352.*

LES SAUVEURS SUPRÊMES, *n° 389.*

PAS D'ORTOLANS POUR LA CLODUCQUE, *n° 422.*

Dans la collection Folio

*L'UNIJAMBISTE DE LA COTE 284, *n° 2045.*

Chez d'autres éditeurs

L'OR DES FOUS (*J.-C. Lattès*), réédité chez *Rivages/Noir* sous le titre *Sous l'aile noire des rapaces.*

LE TOURBILLON (*J.-C. Lattès*), réédité chez *Rivages/Noir.*

L'ORCHESTRE D'ACIER (*J.-C. Lattès*), réédité chez *Rivages/Noir.*

MONSIEUR CAUCHEMAR (*Denoël*, réédité chez *Néo*, puis *Le Masque*).

LA CÂLINE INSPIRÉE (*Néo*).

COMMENT TUER SON MEILLEUR COPAIN (*Néo*).

LUJ INFERMAN' OU MACADAM CLODO (*Néo*).

LUJ INFERMAN' DANS LA JUNGLE DES VILLES (*J. Goujon*, « Engrenage »).

L'ÉPINGLAGE (*J. Goujon*, « Engrenage »).

*AIME LE MAUDIT (*J. Goujon*, « Engrenage », réédité chez *Néo*, puis *Le Masque*).

UN ASSASSIN ÇA VA, ÇA VIENT (*Fleuve noir*, « Engrenage »).

BAZAR BIZARRE (*Fleuve noir*, « Engrenage », réédité chez *Baleine*).

LA TENUE LÉOPARD (*Fleuve noir*, « Engrenage »).

CHARENTON NON-STOP (*Fleuve noir*, « Engrenage »).

FEMMES BLAFARDES (*Fayard*, réédité chez *Rivages/Noir*).

ILLÉGITIME DÉFENSE (*L'Arabesque*).

BONJOUR CAUCHEMAR (*L'Arabesque*).

RAS LE CASQUE (*Fleuve noir*, « Engrenage »).

CARTON BLÊME (*Fleuve noir*, « Engrenage », réédité chez *Canaille*).

L'AFFREUX JOUJOU (*Fleuve noir*, « Engrenage », réédité chez *Baleine*).

LES ENFANTS DU PÈRE EDDY (*Néo*).

LA FEMME AU CIGARE (*Fleuve noir*).
DES AMIS DANS LA POLICE (*Le Masque*).
SOMBRES SOIRÉES CHEZ MADAME GLAUQUE (*Le Masque*).
MYSTÈRE EN COUP DE VENT (*Le Masque*).
LES MAL LUNÉS (*Rivages/Noir*).
DEMAGO STORY (*Rivages/Noir*).
FERDINAUD CÉLINE (*Rivages/Thriller*).
LE MYSTÈRE DE LA SOMBRE ZONE (*Rivages/Mystères*).
LES ÂMES SENSIBLES (*Denoël*).
LOOK FUNÈBRE (*Futuropolis*, réédité chez *Néo*, in *Viande Froide*).
VIANDE FROIDE (*Néo*).

L'auteur a reçu le Grand Prix de Littérature policière 1981, pour trois ouvrages simultanément, marqués d'un astérisque dans la liste.

PARUTIONS FOLIO POLICIER

1. Maurice G. Dantec	*La sirène rouge*
2. Thierry Jonquet	*Les orpailleurs*
3. Tonino Benacquista	*La maldonne des sleepings*
4. Jean-Patrick Manchette	*La position du tireur couché*
5. Jean-Bernard Pouy	*RN 86*
6. Alix de Saint-André	*L'ange et le réservoir de liquide à freins*
7. Stephen Humphrey Bogart	*Play it again*
8. William Coughlin	*Vices de forme*
9. Björn Larsson	*Le Cercle celtique*
10. John Sandford	*Froid dans le dos*
11. Marc Behm	*Mortelle randonnée*
12. Tonino Benacquista	*La commedia des ratés*
13. Raymond Chandler	*Le grand sommeil*
14. Jerome Charyn	*Marilyn la Dingue*
15. Didier Daeninckx	*Meurtres pour mémoire*
16. David Goodis	*La pêche aux avaros*
17. Dashiell Hammett	*La clé de verre*
18. Tony Hillerman	*Le peuple de l'ombre*
19. Chester Himes	*Imbroglio negro*
20. Sébastien Japrisot	*L'été meurtrier*
21. Sébastien Japrisot	*Le passager de la pluie*
22. Pierre Magnan	*Le commissaire dans la truffière*
23. Jean-Patrick Manchette	*Le petit bleu de la côte Ouest*
24. Horace McCoy	*Un linceul n'a pas de poches*
25. Jean-Bernard Pouy	*L'homme à l'oreille croquée*
26. Jim Thompson	*1 275 âmes*
27. Don Tracy	*La bête qui sommeille*
28. Jean Vautrin	*Billy-ze-Kick*

29.	Donald E. Westlake	*L'assassin de papa*
30.	Charles Williams	*Vivement dimanche!*
31.	Stephen Dobyns	*Un chien dans la soupe*
32.	Donald Goines	*Ne mourez jamais seul*
33.	Frédéric H. Fajardie	*Sous le regard des élégantes*
34.	Didier Daeninckx	*Mort au premier tour*
35.	Raymond Chandler	*Fais pas ta rosière*
36.	Harry Crews	*Body*
37.	David Goodis	*Sans espoir de retour*
38.	Dashiell Hammett	*La moisson rouge*
39.	Chester Himes	*Ne nous énervons pas!*
40.	William Irish	*L'heure blafarde*
41.	Boileau-Narcejac	*Maléfices*
42.	Didier Daeninckx	*Le bourreau et son double*
43.	Sébastien Japrisot	*La dame dans l'auto avec des lunettes et un fusil*
44.	Jean-Patrick Manchette	*Fatale*
45.	Georges Simenon	*Le locataire*
46.	Georges Simenon	*Les demoiselles de Concarneau*
47.	Jean Amila	*Noces de soufre*
48.	Walter Kempley	*L'ordinateur des pompes funèbres*
49.	Tonino Benacquista	*Trois carrés rouges sur fond noir*
50.	Dashiell Hammett	*Le faucon de Malte*
51.	Hervé Jaouen	*Connemara Queen*
52.	Thierry Jonquet	*Mygale*
53.	Auguste Le Breton	*Du rififi chez les hommes*
54.	Georges Simenon	*Le suspect*
55.	Emmanuel Errer	*Descente en torche*
56.	Francisco Gonzáles Ledesma	*La dame de Cachemire*
57.	Raymond Chandler	*Charades pour écroulés*
58.	Robin Cook	*Le soleil qui s'éteint*
59.	Didier Daeninckx	*Le der des ders*
60.	Didier Daeninckx	*La mort n'oublie personne*
61.	Georges Simenon	*L'assassin*
62.	Howard Fast (E.V. Cunningham)	*Tu peux crever!*
63.	Maurice G. Dantec	*Les racines du mal*
64.	René Barjavel	*La peau de César*
65.	Didier Daeninckx	*Lumière noire*

66. Chester Himes *La reine des pommes*
67. Sébastien Japrisot *Compartiments tueurs*
68. James Crumley *La danse de l'ours*
69. Marc Villard *La porte de derrière*
70. Boileau-Narcejac *Sueurs froides*
71. Didier Daeninckx *Le géant inachevé*
72. Chester Himes *Tout pour plaire*
73. Sébastien Japrisot *Piège pour Cendrillon*
74. Pierre Magnan *Les charbonniers de la mort*
75. Jean-Patrick Manchette *L'affaire N'Gustro*
76. Jean-Bernard Pouy *La belle de Fontenay*
77. A.C. Weisbecker *Cosmix Banditos*
78. Raymond Chandler *La grande fenêtre*
79. Pierre Magnan *Les courriers de la mort*
80. Harry Crews *La malédiction du gitan*
81. Michael Guinzburg *Envoie-moi au ciel, Scotty*
82. Boileau-Narcejac *Le bonsaï*
83. W.R. Burnett *Quand la ville dort*
84. Didier Daeninckx *Un château en Bohême*
85. Didier Daeninckx *Le facteur fatal*
86. Didier Daeninckx *Métropolice*
87. Pierre Magnan *La maison assassinée*
88. Pierre Magnan *Le mystère de Séraphin*
89. Jean-Patrick Manchette *Morgue pleine*
90. Georges Simenon *Les inconnus dans la maison*
91. Stephen Humphrey Bogart *Le remake*
92. Mark McShane *Les écorchés*
93. Boileau-Narcejac *Terminus*
94. Jérôme Charyn *Les filles de Maria*

Composition Nord Compo.
Impression Société Nouvelle Firmin-Didot
à Mesnil-sur-l'Estrée, le 19 mai 2000.
Dépôt légal : mai 2000.
Numéro d'imprimeur : 51470.

ISBN 2-07-041240-7/Imprimé en France.

93875